자전거
말고
바이크

낮은산 06
키큰나무

자전거 말고 바이크

신여랑 소설집

2008년 4월 25일 처음 찍음 | 2014년 4월 10일 여섯 번 찍음

펴낸곳 도서출판 낮은산 | 펴낸이 정광호 | 편집 신수진 | 디자인 박대성 | 제작 정호영 | 영업 윤병일

출판 등록 2000년 7월 19일 제10-2015호 | 주소 121-842 서울시 마포구 동교로 142-7 4층

전화 02-335-7365(편집), 02-335-7362(영업) | 팩스 02-335-7380

홈페이지 www.littlemt.com | 이메일 littlemt2001ch@gmail.com | 트위터 @littlemt2001hr

제판·인쇄·제본 상지사 P&B | 표지 인물 김하리 박지홍

ISBN 978-89-89646-46-4 43810

자전거 말고 바이크

신여랑
소설집

낮은산

나의 마지막 장, 너의 첫 페이지

여기 묶인 단편들을 쓰는 동안, 네 번 계절이 바뀌었다. 나는 자주 우울했다. 내 소설 속의 주인공들, 그중에서도 수탁이나 화란이, 혹은 정희, 혹은 누구누구 때문일 거라고 생각했다. 그 아이들은 불편하고 껄끄러웠다. 허황된 희망이나 깨달음, 완벽한 긍정의 결말을 맺어 줄 수 없었기에 더 그랬다.

"그러니까 누가 너더러 그런 얘기 쓰래? 밝고 명랑하고, 긍정적인 얘기. 그런 얘기 쓰면 될 거 아니야!" 나는 모니터 앞에서 나 자신을 향해 투덜거렸다. 그러고는, "나더러 어떡하라고! 내 맘이 자꾸 그리로만 가는데!" 버럭 소리를 질렀다. 그 마음 때문에 이러지도 저러지도 못하는 날들이 내게 있었다.

이제 와 생각해 보면 그 아이들 이야기를 쓴 것이 아니라 내 이야기를 쓴 것도 같다. 그 아이들은 한 시절의 나를 참 많이도 닮아 있다. 제 몸이 타 버리는 줄도 모르고 세상을 향해 덤벼들던 그때의 나를. 그래서 그 아이들에게 마음이 가고, 우울했는지도.

그 가운데서도 유난히 '화란이'에 마음이 쓰이는 걸 고백해야겠다. 이상하게 들릴지도 모르겠지만 나는 '화란이'를 사랑한다. 내게는 그런 표현이 어색하게 느껴지지 않는다. '화란이'를 생각하면 가슴이 아프다. 비유적인 표현이 아니라 정말로 육체적인 통증을 느낀다.

사실, 「화란이」를 쓰는 내내 무서워서 엉엉 울었다. 처음 시작했을 때만 해도 그 아이의 잔인한 현실을 그리는 일이 나의 치부를 드러내는 일이라는 걸, 나는 몰랐다. 나는 왜 이토록 저열한가! 나는 내가 무서웠다. 소리 내 울었고, 내 울음이 독자에게 전달되길 바랐다. 그러나 지난해 가을 「화란이」를 한 월간지에 발표했을 때, 그 잡지의 독자 카페에는 "애들 이 정도는 아니에요" "성인용 삼류소설을 읽는 듯한 무안함" "19세 이하 금지된 다큐멘터리를 본 것과 무슨 차이가 있을까"라는 반응들이 올라왔고 많은 사람들이 노골적으로 불쾌해했다.

그 반응 앞에서 나는 비로소, 지금 어딘가에서 화란이와 같은 아이들이 받고 있을 '차가운 시선'의 한 조각을 생생히 느꼈다. 그 시선이, 세상을 향해 그 아이들이 뿜어 내는 적의와 분노를 키웠으리라. 나는 겁에 질린 채 '화란이'를 생각했고, 다시 '화란이' 때문에 숨죽여 울었다.

그때 내 곁을 지켜 주었던 이 책의 편집자가 없었다면, 나는 「화란이」를 포기했을지도 모르겠다. 그녀는 조심스레, 작가의 의도가 좀 더 분명하게 살아났으면 좋았을 텐데, 그 점이 아쉽다고 했다. 나는 그 조언과 격려에 힘입어 「화란이」를 수정했다. 그리고 이제 두 번째 「화란이」를 세상에 내보내려 한다. 다시 한 번 두려움과 통증을 느끼면서.

그래도 창밖은 어느새 봄이다. 칙칙한 나뭇가지에 솜털이 보송보송한 새순이 앞 다투어 머리를 내밀고, 어느 집 담장에선 하룻밤새 노란 개나리가 다닥다닥 피고, 목련꽃 봉우리는 하늘을 향해 우아하게 날아가는.

그렇게, 어느새 봄인 골목길을 내다보며 나는 꿈처럼 빌어본다. 나의 글이 '뒤끝'이 있었으면 좋겠다고. 불편했으면 좋겠다고. 그래서 이 책을 읽은 나의 어린 독자들이 "우리 이 정도는 아니거든!" "아, 씨! 찝찝하게 뭐가 이래!" 하다가도 왠지 모르게 마음이 복잡해졌으면, 자꾸 이

책 속의 아이들이 생각났으면. 그러다 마음에 균열이 생기고, 그 균열의 어디쯤에서인가 '그 순간'이 있었으면 좋겠다고.

　상상해 본다. 그 순간을. '너희들이 뻔하지, 뭐!'라고 눈총을 받던 누군가는 "나는 당신들 예상대로, 절대 뻔하게 되지 않을 거야!" 눈을 부릅뜨고, '너희들이 뻔하지, 뭐!'라고 눈총을 주던 누군가는 그 아이들의 겉모습이 아니라 그 아이들의 잔인한 현실을 응시하고, 분노하는, 아파하는! 그런 순간.

　그러니까, 이 책의 마지막 장이 이 책을 읽는 나의 어린 독자들 모두에게 첫 페이지, 시작이었으면 더 이상 바랄 것이 없겠다. 어느새 봄인 저 골목길처럼.

2008년, 봄 어느 날
신여랑

| 차례 |

구령대
아이들

어느 학교에나 있는 것처럼 A중에도 구령대가 있었다. 특이한 점은 없다. 그저 구령대였다. 스탠드 중앙에 있었고, 삼년 전 보수공사 때 반투명 차양막이 설치됐다. 구령대 뒤에는 본관 건물이, 앞에는 축구 골대를 나란히 놓은 비좁은 운동장이, 그 밑으로는 우중중한 빛깔의 연립주택 단지가 펼쳐졌다. 간혹 구령대에서 아래를 굽어보며 "전망 좋네!"라고 외치는 데는 나름 이유가 있다. 시선을 어디에 두느냐에 따라, 멀리 옹색한 지하철 역사나 대형트럭이 내달리는 시 경계도로, 건너편 야산 등성이의 시립요양원 건물까지 볼 수 있는 것이다. A중 아이들은 튜브 속 치약처럼 그곳 어딘가에 잠들어 있다가, 아침이면 약속이나 한 듯 떠지지 않는 눈을 비비고 일어나 등교한다. 더러, "우리 동네 정말 후졌다!" "동네만 후졌냐? 학교도 정말 후졌지!" 서로 눈을 흘긴다. 그러나 "왜 너희 학교 구령대가 일진 자리니?"라고 물으면,

"그건 원래 그랬어요."

"우리 학교 전통이에요!"

눈을 반짝인다.

점심시간이면, 후다닥 급식을 먹어 치운 A중 아이들이 삼삼오오 짝을 지어 운동장으로 나온다. 스탠드에 모여 앉아 수다를 떤다. 스탠드 중앙 구령대에도 아이들이 있다. 늘 같은 얼굴이다. 툭툭 주먹으로 장난을 치고, 욕설 섞은 농담을 주고받고, 군것질을 하느라 떠들썩한 그곳에서 수탁은 눈에 띈다. 차가운 시멘트 바닥에 벌렁 누워 있다. 아이들의 대화엔 끼지 않는다. 아이들도 그런 수탁을 가만히 둔다. 그중에 한둘은 마뜩잖은 얼굴로 수탁을 곁눈질한다. 특히 수탁과 같은 2학년인 무치는 수탁을 일진이 아니라 '또라이'라고 생각한다. 그러나 A중에서는 점심시간에 구령대를 차지하는 아이들이 일진, 구령대를 탐내는 아이들이 이진, 구령대에 관심 없는 아이들이 보통 아이들이다. A중 아이들은 누구나 그렇게 생각한다. 그러므로 수탁은 일진으로 불린다.

☁

수탁이 A중 일진이 되는 데는 하루도 걸리지 않았다. 1학년 2학기 초에 전학을 와서, 등교한 이튿날 싸움을 했다. 쉬는 시간 책상에 엎드려 잠든 수탁의 귀에서 누군가 이어폰을 빼 갔다. 그 아이는 이어폰을 빙빙 돌리며 실실거리다가 수탁의 무섭게 일그러진 얼굴을 보고 기가 질려 뒷걸음질쳤다. 수탁이 다가오자, 장난이었어! 장난! 손을 내저었다. 그러나 수탁은 주먹을 휘둘렀고, 그 아이는 교실 바닥에 주저앉았다. 반아이들이 웅성거리며 모여들었지만 수탁은 아무 일도 없었다는 듯, 나이거 없으면 못 자거든! 한마디 하고는 바닥에 떨어진 이어폰을 주워서

끼고 다시 책상에 엎드렸다.

그 일은 금세 전교에 소문이 났다. 수탁에게 맞은 아이는 다름 아닌 이 진, 그중에서도 무치가 '이진 찌질이'라며 눈엣가시처럼 여기던 아이였다.

며칠 뒤 일진 선배들이 수탁을 불러냈다.

"너, 우리가 누군지 알아?"

"관심 없는데요."

"너 좀 놀았냐?"

"아뇨, 그냥 좀 자는 편이에요."

수탁의 대답은 A중 일진이 되겠다는 뜻으로 받아들여졌다. 일진 선배들은 학교 뒷산 공터로 수탁을 불러다 놓고, 신고식을 한다며 돌아가면서 때렸다. 그러자 수탁은 입술을 훔치며, "그렇게 때리면 안 아픈데! 일부러 그런 건가요? 한 단계만 높이세요!" 했다. 보통은 수탁이 그런 식으로 말하면 싸움이 됐고 수탁은 그런 싸움에 익숙했다.

그즈음 수탁은 일진이든 이진이든 관심이 없었다. 엄마가 고모네 집에 자신을 맡기고 간 뒤로는 누구에게나 비위가 상했고, 심사가 뒤틀렸다. 자칭 일진 선배라는 그들이 화를 내고 덤벼도, 싸우면 그만이라고 생각했다. 아니, 차라리 그래 주었으면 했다. 한바탕 죽도록 싸움이라도 하고 나면 기분이 풀릴지도 모르니까. 그런데 선배 하나가 큰 소리로 웃으며, 뭐 저런 또라이가 다 있냐? 데리고 다니면 심심하지는 않겠는걸! 했다. 수탁은 그 소리에 맥이 풀렸다.

"너 내일부터 구령대로 나와! 키워 줄 테니까."

그것이 '이제부터 너는 A중 일진이다'라는 뜻인 걸 수탁은 한참 지나서야 알았다.

수탁은 점심시간에 구령대에 나가 있고, 선배들과 어울려 아무 데서나 담배를 피우고, 불러내 술을 사주면 마시고, 뒷산 공터에서 일대일 싸움을 했다. 이진 그 새끼가 우리한테 까불었어! 싸움의 이유는 그것이 전부였다.

수탁은 그 '싸움'이 마음에 들었다. 상대가 비틀거리고 쓰러지면 머릿속에서 폭죽이 터지는 것처럼 몸이 떨렸다. 수탁은 쓰러진 상대를 그냥 두지 않았다. 누가 말리기 전까지 미친 듯이 발길질을 했다. 그러나 시간이 지나고 흥분이 가라앉고 나면 기분이 더 나빠졌다. 입 안이 쓰고 머리가 멍했다. 싸우는 횟수가 늘어날수록 그 증상은 점점 오래갔다.

그런 날이면 수탁은 선배들과 어울려 술을 마시다가도 불쑥 병오를 찾아갔다. 병오는 수탁보다 세 살 많은 열여덟 살이었고, 수탁이 고모네 집으로 왔을 무렵 소년원에 갔다가 나와서 자취를 하고 있었다.

"와, 형 나오니까 좋다! 오토바이도 타고!"

수탁은 병오의 오토바이 뒤에 탈 때마다 말했다.

"자식, 나중에 내가 진짜 괜찮은 오토바이 사면 너 첫 번째로 태워 줄게."

병오의 오토바이는 병오가 일하는 중국집 배달용이었다.

"아냐, 난 이게 더 좋아! 형이 모는 거면 다 좋아! 달려! 달려!"

수탁은 병오의 허리를 꽉 끌어안으며 외쳤다.

수탁은 병오와 같이 있으면 자기도 모르게 금세 기분이 좋아졌다. 그래서 한번 병오에게 가면 집에 안 들어가려고 기를 썼고, 병오가 하루

재워 주면 하루만 더 재워 달라고 살갑게 어리광을 부렸다. 전혀 다른 아이가 되었다.

"더는 안 돼! 내일은 학교 가야지! 집에 데려다 줄 테니까, 들어가!"

수탁은 병오가 예전 같지 않은 게 불만이었다. 전에 어울리던 형들하고도 연락을 끊고, 툭하면 이러니저러니 잔소리를 했다.

"쳇! 그놈의 학교 안 다니면 그만이지. 그리고 내가 집이 어디 있어?"

"헛소리 그만 해라. 너희 고모 눈 빠지신다."

수탁은 마지못해 고모네 집에 들어가곤 했다. 고모는 수탁을 구박하지도 혼내지도 않았다. 오히려 쩔쩔맸고, 아버지 얘기를 꺼낼 때는 눈치를 봤다. 그런데도 수탁은 기미로 뒤덮인 고모 얼굴을 보면 부아가 치밀었다.

☁

무치는 수탁이 점점 싫어졌다. 같이 다닌 지 일 년이 넘었지만 수탁이 어디 사는지도 몰랐다. 수탁은 집에 관한 얘기라면 처음부터 입도 달싹 안 했다. 지난여름부터는 같이 놀다가도 슬쩍 사라져 버렸다. 구령대에선 보기 싫게 벌렁 누워 있곤 했다. 몸이 근질근질해서 그런다나! 약속도 번번이 어겼는데 휴대폰도 안 가지고 다녀서 연락도 할 수 없게 만들었다.

무치가 생각하기에, 싸움을 잘한다는 것만 빼면 수탁은 일진이 아니라 '또라이'였다. 원래 일진은 같이 다니고, 같이 놀고, 선배 말은 무조건 따르는 거다. 그것이 무치가 생각하는 일진이었다. 수탁은 안 그랬다. 내키면 같이 다니고, 안 내키면 그만이었다. 그래서 무치는 수탁에게, 너는 네가 일진이라고 생각하느냐고 물어봤다. 그랬더니 수탁은

"남들이 나보고 일진 새끼라던데! 아니었냐?"

하고 깐죽거리듯 말했다.

무치는 3학년이 되고 일짱이 되면 수탁을 가만두지 않겠다고 다짐했다.

무치는 자신이 일진이라는 사실에 당당했다. 아이들에게 돈을 빼앗을 때도, 주먹으로 위협을 할 때도, "원래 이런 거야!" 그 말을 꼭 했다. 무치에게 '그런 게 어딨어?'라고 말하는 애는 없었다. 무치는 지각했을 때도 아무렇지도 않게 쓰윽 교실로 들어갔다. 손을 들고 어깨를 으쓱대며 인사를 했고, 아이들은 무치를 돌아보고 우는 건지 웃는 건지 모를 표정을 지었다. 그렇게 무치가 등교하는 시간은 3, 4교시쯤이었다. 엄마와 같이 살지 않아서 아침에 깨우는 사람도 없었고, 새벽까지 노래방 영업을 하는 아빠는 오전 내내 잠에 취해 있었다.

무치는 학교에 가면 점심시간에 구령대에 반드시 나가 있었다. 주변을 어슬렁대는 이진 애들과 우연히 눈이 마주치기라도 하면 아래위로 '감히 어디서!' 하듯 매섭게 째렸다. 무치의 눈길에 상대는 바로 눈을 깔았다. 그러면 짜릿한 쾌감이 몰려왔고, 그 장면은 곱씹을수록 달콤했다. 그렇기에 무치는 구령대의 주인이 누군지 확실히 해둬야 한다고 생각했다. 학교 뒷산에서 이진들과 싸움을 하는 것도 그 때문이었다. 언제나 '찌질하게' 노는 이진들은 싸움도 못하면서 구령대를 탐냈고, 시비 붙기는 좋아했다.

무치에게 구령대는 일진의 성역이었다. 아무나 들어올 수 없는 곳이

고, 누구나 그 사실을 인정하니까. 무치의 생각대로 A중 보통 아이들은 구령대를 일진의 것이라고 순순히 인정했다. 원래 그랬대. 우리 학교 구령대는 일진 거래. 신경 쓰지 마. 우리랑 쟤네는 사는 층수가 달라. 일진은 1층, 이진은 2층, 우리는 3층. 1층하고 2층은 몰라도, 1층하고 3층은 볼일 없는 거지. 아이들은 점심시간에 구령대를 쳐다보기는 했지만 가까이 가지는 않았다.

무치는 생활지도부 선생들 앞에서 구령대가 일진의 성역이란 것을 확인하곤 했다. 두발이니 복장이니 수업태도니 눈만 마주치면 지적을 당하고, 이진 애들과 싸운 게 걸려서 몽둥이로 죽어라 얻어맞고, 학교에 무슨 일만 생겼다 하면 불려가, 너희들이 그랬지! 추궁을 받았지만 구령대 얘기가 나오면 분위기가 달라졌다.

"너희들, 점심시간에 구령대 나가지 마라!"

선생이 넌지시 구령대 얘기를 꺼내면, 무치는 기분이 풀렸다.

"왜요?"

무치는 일부러 눈을 껌벅이며 의아하다는 듯 물어봤다.

"애들이 너희 무서워서 구령대에 못 올라간다며? 그러니까 좋은 말로 할 때 가지 마!"

그러면 터질 것 같은 웃음을 참으며 이렇게 말했다.

"에, 누가 그래요? 우리 무서워서 못 올라온다고. 겁준 적 한 번도 없거든요. 우린 그냥 얘기하고 바람 쐬고 놀아요. 교실에 있으면 답답하니까. 선생님도 아시다시피 우리 학교에서 구령대가 전망이 젤 좋잖아요. 선생님이 애들한테 걱정 말고 구령대 올라가라고 하세요. 겁 절대 안 줄 테니까. 헤헤."

무치는 알았다. 선생도 구령대를 건드릴 수 없다. 점심시간에 구령대에 나가 있다고 처벌을 할 수는 없을 테니까. 세상 어느 학교에도 그런 교칙은 없을 테니까.

☁

A중은 그 어느 때보다 조용했다. 2학기 중간고사였다.

수탁도 시험을 보기는 봤다. 백지를 안 내는 수준으로. 마지막 날 마지막 시험 과목은 수학이었다. 수탁은 문제지를 받은 지 오 분도 채 지나기 전에 뒤집어 놓고는 답안용지 2번에 주르르 마킹을 하고 벌떡 일어나 가방을 멨다. 그때까지 수탁이 하는 양을 지켜보고 있던 시험감독 선생이, 쯧쯧! 혀를 찼지만 수탁은 태연하게 이어폰을 끼며 교실을 나왔다.

구령대로 나온 수탁은 아래를 굽어보면서 담배를 피웠다. 제기랄, 도대체 왜 잊을 만하면 편지질은 하는 거야! 누가 반가워한다고. 공주 감호소에 있는 수탁의 아버지가 편지를 보내 온 것이다. 그래서 어젯밤에 고모가 수탁에게, 아빠한테 편지 왔는데 보지 않겠느냐고 아주 조심스럽게 물었고, 수탁은 인상을 썼다.

수탁이 아버지를 마지막으로 본 것은 초등학교 5학년 봄이었다. 학교 운동장에서 축구를 하고 흙먼지를 뒤집어쓴 채 집으로 돌아가는 길이었다. 허기진 배를 움켜쥐고, 집에 밥이 있을까? 동네 골목 어귀부터 뛰었다. 집 앞 골목에 사람들이 북적거리고 경찰차의 요란한 사이렌이 울렸다. 어리둥절하면서도 호기심이 동한 수탁은 흙먼지가 뿌옇게 덮인 신발주머니를 휘휘 돌리며 사람들 틈을 비집고 들어갔다. 거기 아버지가 있었다. 일 년 만에 보는 아버지였지만, 수탁이 아버지를 알아보는데는 일 초도 걸리지 않았다. 수탁은 그 일 년 동안 단 한 번도 아버지 생각을 하지 않았었다. 수탁에게 아버지란 있어도 그만, 없어도 그만인 사람이었다. 엄마가 밤마다 화장을 하고 나가도 왜 나가는지 어디 가는지 의문을 품지도 않았다. 축구를 하고, 엄마가 집어 준 돈으로 시장을 기웃거리며 군것질을 하고 게임을 하는 것만으로도 하루는 쏜살같이 흘러갔다.

그런데 갑자기 나타난 아버지가, 눈앞에서 수갑을 찬 채 경찰에 끌려가고 있었다. 욕지거리를 퍼부으면서.

"씨발놈들아! 이거 인권 침해야!"

"내가 안 했다니까! 잘못 짚었어."

"개새끼들! 나중에 두고 보자고? 엉! 퉤에에!"

아버지의 입에서 욕과 함께 튀어나온 침 덩어리가 입술을 타고 턱 밑에 대롱대롱 매달렸고, 아버지 팔을 잡고 있던 경찰이 아버지의 정강이를 걷어찼다.

"별짓을 다 해요. 남의 집에 들어가서 사람 찌른 놈이 낯짝도 참 두껍다!"

그러고는 아버지의 머리를 한 손으로 잡아 눌러, 경찰차 뒷좌석에 쑤셔박듯 밀어 넣었다. 수탁은 경찰차가 골목을 빠져나갈 때까지 그 자리에 서서 꼼짝도 할 수 없었다.

수탁은 그때 동네사람들이 쑥덕거리던 소리를 지금도 생생하게 기억한다.

"어머, 저기 저 집!"

"아, 밤만 되면 야하게 빼입고 엉덩이 흔들면서 나가는 그 여자네!"

"어쩐지! 내 그럴 줄 알았다니까! 그 집 애도 쌈박질만 하잖아. 저번에 우리 애 안경 부러뜨린 애가 바로 걔라니까."

"그건 축구하다 그렇게 됐다며?"

"그러니까 축구하다가 걔가 우리 애를 때렸다고."

"아휴, 지금 그게 문제야! 애들 단속이나 해! 그런 집 애랑 어울려서 좋을 거 없으니까."

그쯤이었다. 그 자리에 있던 수탁을 보고, 흠칫 놀라 수탁에게 손가락질을 했던 때가.

"쟤지?"

"어머, 어쩜 생긴 게 저희 아빠 판박이네!"

그날 이후 수탁은 동네 아이들이 쳐다보기만 해도, 왜 쳐다보냐고 시비를 걸어 코피를 터뜨리고 책가방을 뒤졌다. 학교에서는 축구를 하는 아이들에게 흙을 뿌리고 돌을 던졌다. 그중에 같은 동네에 사는 아이가, 수탁이 아버지는 교도소에 있다고 학교에 소문을 내고 다녔다. 수탁은 그때부터 아무것도 하기 싫었다. 그냥 미칠 듯 화가 나서 어찌할 바를 모를 뿐.

수탁이 병오를 만난 것은 그 무렵이었다. 병오는 친구들과 어울려 자전거나 킥보드를 훔쳐다 팔았는데 책가방을 메고 거리를 쏘다니던 수탁에게 망을 보게 했다. 수탁은 병오를 무척 따랐고 병오도 수탁을 위해 줬다. 병오의 친구들은 수탁에게 온갖 심부름을 시키고 괜스레 머리를 쥐어박고 욕을 했지만 병오는 안 그랬다. 이제부터 내 동생이니까 수탁이 때리면 죽는다! 그랬다. 형이 그럴 때, 그때가 좋았는데……. 제기랄!

수탁은 불이 붙은 담배를 운동장을 향해 휘익 던지고, 구령대에 벌렁 드러누웠다. 바닥에선 냉기가 올라오고, 차양막에 가려진 하늘은 초록색이다. 이러고 살다가 나는 뭐가 될까? 이제 겨우 십오 년을 살았는데 백 년은 산 것처럼 지겨웠다. 하고 싶은 것도 되고 싶은 것도 없었다. 미친 듯이 싸울 때가 아니면 억수같이 잠이 쏟아졌고, 자도 자도 잔 것 같지가 않았다. 하긴 그놈의 새끼니까 그놈처럼 되겠지.

수탁이 병오를 따라다니다 경찰서에 잡혀 가면 보호자로 불려 온 수탁의 엄마는 "내가 못 살아, 누가 그놈의 새끼 아니랄까 봐!" 하고 수탁을 쳐다봤다. 그놈의 새끼! 씨발, 그래 그놈의 새끼가 어디 가겠어! 수탁은 구령대에서 일어나 난간을 붙잡고 훌쩍 운동장으로 뛰어내렸다. 그리고 사흘 동안 학교에 나타나지 않았다.

☁

수탁이 없는 동안, 작은 소동이 벌어졌다. 발단은 형태였다.

형태는 2학년 4반 전학생이었다. 형태의 전학은 자발적인 것이 아니었다. 교내폭력 사건에 연루돼 학교폭력자치위원회에서 전학 처분을 받은 것이다. 그래서 주민등록을 아는 사람 주소로 옮기고, A중으로 전학을 오게 됐다.

형태는 전학 처분에 대해 몹시 억울해했다.

'그 새끼가 먼저 덤빈 건데! 그럼 쪽팔리게 맞고 가만히 있나! 왜 다들 나만 가지고 난리야! 내가 언제 만날 싸움질을 했다고. 끽해야 대여섯 번인데. 그것도 따지고 보면 걔네들이 먼저 시비 걸어서 싸운 건데 나한테 다 뒤집어씌우고.'

형태는 자신만 전학 처분을 받은 것이 학생부장 선생한테 찍혔기 때문이라고 믿고 있었다. 담배를 피우니까 자꾸 침이 고이고, 그래서 어쩌다 한 번 복도에 침을 뱉은 것뿐인데, 언제 내가 자길 꼬나보고 침을 뱉었다고……. 그날 형태는 복도에서 학생부장 선생한테 따귀를 얻어맞고 걷어차이기까지 했다.

형태는 엄마가 A중을 고른 것도 불만이었다. 집에서 사십 분은 족히 걸리는 거리였다.

'학교를 골라도 어디서 이런 똥통 학교를 골라!'

형태는 등교한 첫날부터 A중이 마음에 들지 않았다. 하지만 자기 소개를 하라는 담임의 말에, "잘 부탁드립니다. 성형태입니다."라고 상냥하게 말했다. 아버지가 한 말이 귓가에 쟁쟁했기 때문이다.

"너, 전학 간 학교에서도 문제 일으키면, 아예, 저기 시골 촌구석 학교에 처넣는다!"

형태는 온종일 얌전히 책상에 앉아 다리만 떨었다. 누군가 말을 시키면, 힐긋 쳐다보고 웃었다. 마치 조용하고 얌전한 '범생이'처럼.

문제는 그다음 날 일어났다. 형태는 등교할 때부터 조퇴할 생각이었다. 전에 다니던 학교에 가기로 한 것이다. 친했던 아이들한테 미리 연락도 해놓았다. 형태는 4교시가 시작되자마자 배를 움켜쥐고 책상에 엎드렸다.

"너 어디 아파?"

한참 지나서야 짝이 물었다. 형태는 고개만 조금 끄덕였다.

"선생님! 얘 아픈가 봐요!"

선생님은 아프면 보건실에 가라고 했지만 형태는 조금만 더 참아 보겠다고 했다. 왠지 그래야 자연스러울 것 같았다. 얼마쯤 있다가 형태는 조용히 일어나 뒷문으로 나갔다. 아무도 뭐라고 하지 않았다. 교무실에서 담임은 걱정스러운 얼굴로 "많이 아프니?" 했다.

"아, 아니요. 그냥, 제가 원래 장이 좀 안 좋거든요."

형태는 조심스레 찡그리며 웃었다.

본관 건물 현관을 나오면서는 중얼중얼 혼잣말을 했다. 성형태! 성질 다 죽었다. 쇼까지 하면서 조퇴를 하고……. 어쩌겠냐. 당분간은 숨소리도 내지 말고 지내야지. 착하게!

형태가 구령대로 걸어갈 때 막 4교시 끝나는 벨이 울렸다. 점심시간이었고, 아이들이 하나 둘 운동장으로 나왔다. 잠시 후 구령대에서 형태를 발견한 무치와 친구들은 형태를 빙 둘러싸고 섰다. 무치는 구령대에 서 있는 형태를 보자마자 눈살을 찌푸렸다. 점심시간, 아무도 없는 구령대에 얼굴도 모르는 애가 서 있다는 게 불쾌했다.

"뭐야, 넌?"

무치의 말에 형태의 표정이 일그러졌다.

"그러는 넌, 뭐야?"

형태는 무치를 아래위로 훑었다. 숨소리도 내지 말자던 다짐은 온데 간데없었다. 형태는 누군가 시비를 걸면 참지 못하는 성미였다.

"나 유무치다!"

"유무치! 그래서? 니 교복에 박힌 그 열라 후진 이름이 뭐 어쨌는 데?"

무치는 형태 앞으로 바짝 다가서며 말했다.

"말로 할 때 꺼져! 여기 우리 구역이거든!"

형태는 뒷목이 뻣뻣해졌다. 푸푸, 입 바람을 날리며 말했다.

"우리 구역? 너네가 이 꾸진 구령대에 침 발라 놨냐? 허접한 학교에 오니까 별 허접한 놈이 다 건드리네. 너야말로 꺼져라. 나 조용히 살아야 하거든!"

형태의 말이 끝나기가 무섭게 무치가 형태의 멱살을 단단히 잡고, 주먹에 힘을 실어 형태의 명치뼈를 가격했다. 형태는 으윽! 신음을 뱉었고 얼굴이 시뻘겋게 달아올랐다.

"똑바로 들어. 처음 보는 얼굴인 거 보니까 사고 치고 전학이라도 왔나 본데, 앞으로 구령대 근처엔 얼씬도 하지 마!"

무치는 얼굴색 하나 변하지 않고 연달아 주먹질을 했다. 급소를 맞은 형태는 제대로 숨도 쉬기 어려워, 입을 벌리고 인상을 쓸 뿐 한마디도 못했다.

☁

　수탁은 그 사이 병오의 자취방에 있었다. 이어폰을 끼고 라면 봉지를 뜯어 우적우적 씹어 먹었고, 졸리면 잤고, 눈을 뜨면 옥탑방 천장의 군데군데 비가 샌 얼룩을 쳐다봤다. 형이 집에 가라고만 안 하면 여기서 그냥 눌러 사는 건데. 그러나 병오는 일 끝나고 오자마자 수탁을 보고 아직도 안 갔느냐며, 오늘은 가라고 딱 잘라 말했다. 그러면서도 휴대용 가스렌지에 참치찌개를 끓였다. 편의점에 들러 김치 팩이랑 참치 캔을 사 온 것이다.

　또 저 소리. 수탁은 병오 옆에 앉아 손톱을 깨물었다. 병오는 전기밥솥에서 밥을 푸고, 부글부글 막 끓기 시작한 찌개 냄비의 뚜껑을 닫으며 지나가는 말처럼 수탁에게 물었다. 넌 뭐 하고 싶은 거 없냐?

　"형네 중국집에 취직시켜 주라!"

　"안 되는 거 알지? 이수탁이 뭘 하면 좋을까? 그래, 쌈 하면 이수탁이니까, 권투! 아니다, 무에타이! 그거 배워라! 우리 사장님 사촌동생이 무에타이 도장 한다더라. 너 거기 가서 열라 배워서, 나중에 케이원, 프라이드 선수 해라."

　수탁이 날름 젓가락을 집어 들고 침을 꼴깍 삼키며 말했다.

　"그러느니 차라리 조폭을 하겠다. 매일 얻어맞고 어떻게 살아? 난 때리는 건 몰라도 맞는 건 질색이야!"

　갑자기 병오의 안색이 바뀌었다. 수탁의 젓가락을 뺏어 신문지 위에 놓고는 정색을 했다.

"겨우 생각한 게 조폭이야?"

"에, 또 저런다. 그냥 해본 말이야!"

수탁이 다시 젓가락을 집으려고 하자, 병오는 수탁의 손을 탁! 쳤다.

"너 도대체 언제까지 그럴래?"

"아, 씨! 그만 좀 해! 소년원 갔다 오더니 갑자기 선생이라도 됐어?"

수탁이 짜증스럽게 말했다. 그러자 병오의 언성이 높아졌다.

"그래, 거기 갔다 왔더니 눈이 확 떠지더라. 그래서 하는 말인데, 이제 너 그러고 다니는 거 더는 못 보겠다. 너, 내 말 똑바로 들어. 네가 아무리 깽판 쳐 봤자, 부모 잘못 만나서 고생한다고 봐주는 사람 없어. 그럴 줄 알았다고 손가락질이나 하지."

비위가 상한 수탁의 얼굴이 일그러졌다.

"그러는 형은 그렇게 잘나서 그러고 살았어? 소년원에서 썩다 나온 주제에 뭐 그렇게 잘났다고 나보고 난리야!"

"그래, 너 말 잘했다. 거기 일 년 있다 보니까 정신이 확 들더라. 왜 너도 거기 가야 정신 차릴래? 그러고 싶어?"

"왜? 형이 등이라도 떠밀어서 보내게? 제기랄, 내가 여기 다시 오나 봐라!"

수탁이 벌떡 일어났다.

"그래 가, 이 새끼야! 나도 너 귀찮아! 아주 지겨워!"

"젠장, 누가 온대? 안 와! 안 온다고!"

수탁은 악을 썼다.

잠시 후 옥상 철제계단을 내려가는 수탁의 등 뒤로 병오의 사나운 목소리가 달라붙었다.

……너 같은 놈은 존나 얻어터져 봐야 해! 그래야 정신이 확 나지. 네가 얻어터지면, 사람들이 너 불쌍하다고 할 줄 알아? 그래, 너희 그 잘난 일진 패거리는 팔 걷어붙이고 설레발치겠지. 세상 사람들은 달라! 너같은 놈은 당해도 싸다고 박수 쳐! 언젠가는 당할 줄 알았다! 그것 참 잘됐다! 저런 것들은 싹 다 잡아다 처넣어야 한다, 그런다고! 알아? 그러니까, 나처럼 되고 싶지 않으면 정신 차려 이 새끼야!

☁

무치는 수탁의 버릇을 고쳐 주고 싶었지만 뾰족한 방법이 떠오르지 않았다. 싸움으로 수탁을 이길 자신이 없었다. 그게 더 무치의 자존심을 건드렸다. 무치는 조금 전, 사흘 만에 학교에 온 수탁을 교실로 찾아갔었다. 수탁이 점심시간에 구령대에 나오지 않아서였다. 무치는 이상하게, 수탁이 눈에 보이면 거슬리고 안 보이면 신경이 쓰였다. 왜 구령대에 안 나왔냐고 물었더니, 수탁은 "추워서."라고 했다. 추워서라니. 그놈은 나를 무시하는 게 분명해. 그러지 않고서야 장차 일짱이 될 나한테 그러겠어. 무치는 더는 참을 수 없었다. 맞장을 뜨는 수밖에! 이건 우리끼리 '일대일'이니까 선배들은 몰라도 돼. 그래서 무치는 방과 후에 수탁의 교실로 갔다. 복도에서 수탁이 화장실에 들어가는 걸 보고 허겁지겁 쫓아갔다.

그런데 화장실 앞에서 형태가 무치를 가로막았다.

"이거 은근히 쪽팔리네. 똥중 일짱을 몰라봐서."

무치는 형태가 귀찮았다.

"지금 나 바쁘니까, 꺼져!"

그랬더니 형태가 무치의 어깨를 툭 쳤다.

"분위기 파악을 못하나 봐! 한판 뜨자고!"

"뭐?"

"아, 씨! 이 똥중 구령대 패밀리랑 내 친구들이랑 붙자고."

형태는 핏대를 세웠다.

형태는 벌써 마음을 정했다. 전에 다니던 학교 친구들과도 얘기를 끝냈다. 무치와 A중 일진을 깨고, 엄마를 협박해서라도 다시 전학을 가자. 아버지가 시골 학교에 처넣는다고 하면 이참에 집을 나가자. 걸핏하면 '구제불능에 싹수 노란 놈'이라고 손찌검을 하는 아버지도 지겹고, 어차피 이놈의 학교는 쪽팔려서 죽어도 못 다닌다. 구령대에서 무치에게 당하고 '전학 온 찌질이'라는 소리를 들을 때마다 형태는 미칠 것 같았다.

"장소, 시간, 다 너희가 정해. 너희 학교 뒷산 공터도 좋고! 빠를수록 좋아!"

무치는 형태를 빤히 쳐다보며 콧방귀를 뀌었다.

그런데 뒤에서, "그래, 그거 좋지! 내일 어때?" 하며 수탁이 끼어들었다.

"너는 또 뭐야?"

형태는 수탁을 보고 말했다.

"나, A중 일진!"

"아, 씨! 떨거지들이란 떨거지들은 다 설레발이군. 알았어, 알았으니까 그건 니들 맘대로 해. 난 붙기만 하면 돼!"

"그럼 내일 다섯 시에 학교 뒷산 공터로 와. 몇 명이든 상관없으니까."

무치는 수탁의 대답이 어이가 없었다. 형태가 사라지자 하는 말은 더 가관이었다. 자기가 다 상대할 테니까 신경 쓰지 말라며 거들먹댔다. 안하무인이 따로 없었다. 무치는 수탁이 형태 패거리한테 다리가 부러지든 갈비뼈가 나가든 내 알 바 아니라고 생각했다.

☁

형태는 뒷산 공터에 삐딱하게 서서 다리를 떨다가, 운동화 앞코로 흙을 팠다. 초조하게 시계를 들여다봤다. 그때 저쪽 바위에 걸터앉아 있는 형태의 친구들이 동시에 소리를 질렀다. 수탁을 본 것이다.

"뭐야! 한 놈뿐이잖아!"

"이것들이 진짜 누구를 똥으로 알고 십 분이나 늦게 그것도 한 놈만 보내!"

구레나룻을 길게 기른 아이가 수탁을 노려보며 눈을 부라렸다.

많이 기다렸냐? 내가 오줌 좀 누느라고……. 수탁은 그렇게 말하며 피식 웃었다.

수탁은 공터로 올라오다 초조하게 담배를 피우며, 고모가 가방에 몰래 넣어 둔 아버지의 편지를 읽어 볼까 망설이다가 조각조각 찢었다. 제기랄, 이딴 건 봐서 뭐 해. 그렇게 십 분을 흘려보낸 것이다.

형태가 성큼성큼 수탁을 향해 걸어와, 바짝 얼굴을 들이밀었다.

"그 새끼가 이러라고 시켰냐?"

"누구?"

"유무치 말이야. 그 새끼 지금 어디 있어?"

"신경 쓰지 마. 대표로 내가 왔으니까. 나 하나면 너희들 다 상대할 수 있거든."

그 소리에 형태가 수탁을 확 떠밀었다. 수탁이 맨땅에 엉덩방아를 찧고 주저앉았다.

"살살 하지그래. 싸움은 정식으로 붙어야지!"

수탁이 손을 털며 말하자 뒤에서 지켜보고 있던 형태 친구들이 우르르 달려왔다. 수탁을 둘러싸고 금방이라도 욕설이 튀어나올 법한 얼굴로 내려다봤다.

"근데 너희들, 순서는 정했냐? 1번이 누구냐? 어째 다 비실비실해 보인다."

수탁은 여전히 앉아서 비스듬히 올려다봤다.

"뭐, 어쩌고 어째?"

형태가 수탁의 옆구리를 걷어찼다. 그런데도 수탁은 피식 웃었다.

"그렇게 때리면 안 아픈데! 일부러 그런 건가? 한 단계만 높이지!"

"보자보자 하니까, 이 새끼가 정말!"

"야, 야! 그냥 밟아 버려!"

수탁을 둘러싸고 있는 아이들이 사납게 발길질을 하기 시작했다. 발길질은 수탁의 옆구리와 등과 배와 다리를 향해 폭포처럼 쏟아졌다. 수탁은 온몸을 동그랗게 말고 고스란히 당했다. 옆구리는 터져 나갈 듯했고, 등짝은 화끈거렸고, 다리는 얼얼했다.

'흐, 사람들은 내가 이렇게 맞아도 싸다고 생각한다 그거지!'

수탁은 입 안에 고이는 찝찔한 피를 삼켰다. 시간이 흐를수록 발길질의 강도는 거세졌다. 형태와 아이들은 한 덩어리로, 수탁을 향해 온몸을 던지듯 발길질을 했다. 얼굴은 일그러지고, 입에서는 단내가 나고, 머리는 뜨겁게 달아올랐다. 그중 누구도 뒤에서 달려드는 무치 일행의 기척을 느끼지 못했다.

무치는 한 시간 전만 해도 이곳에 올 마음이 전혀 없었다. 그런데 네 시반이 가까워 오자, 그래도 같은 일진인데……. 아무리 싸움을 잘해도 혼자 가면 박살 날 텐데. 아, 제기랄! 그건 A중 일진 망신이지. 가자! 이건 절대 수탁이 때문이 아니야! 일진은 일진을 보호해 주는 거니까. A중 일진의 명예를 위해서, 그래서 가는 거야! 무치는 허둥지둥 친구들에게 전화를 하고 달려왔다. 막상 눈앞에서 형태 패거리한테 마구잡이로 얻어맞고 있는 수탁을 보자 무치는 눈이 뒤집힐 것처럼 화가 치밀었다.

무치는 날아가다시피 형태 패거리를 덮쳤고, 같이 온 무치의 친구들도 동시에 덤벼들었다. 형태와 형태의 친구들은 수탁에게 쏟아 낸 곱절의 강도로 무치 일행에게 당했다. 그러나 무치는 분을 삭이지 못하고, 형태를 잡아 내동댕이쳤다.

"너 다시 내 눈앞에 보이면 그땐 죽어!"

형태와 친구들은 흙 묻은 바짓가랑이와 찢어진 옷섶을 여미며 쩔뚝쩔

뚝 뒷산 공터를 내려갔다. 무치가 한쪽 구석에 앉아 있는 수탁에게 다가 갔다. 괜찮냐고 물었다. 수탁은 무치를 올려다보고 피식 웃더니, "보시 다시피 죽을 맛이야." 했다.

☁

　뒷산 공터 사건 이후에도 수탁은 여전히 수업시간에 엎드려 있었고, 가끔 뛰쳐나갔다. 이어폰도 빼지 않았다. 선생의 말에 대답이 없는 것도 여전했다. 딱 하나 달라진 것이 있다면 점심시간에 구령대가 아니라 운 동장으로 나간다는 점이었다. 수탁은 구령대에 누워 있기에는 머릿속 이 터질 것처럼 뜨겁고 무거웠다. 아무리 책상에 엎드려 눈을 감고 있어 도 잠이 오지 않았다. 그래서 달리기로 한 것이다. 한 바퀴, 두 바퀴, 세 바퀴, 네 바퀴……. 이마에 땀이 밸 때쯤이면 가슴이 뛰고 숨이 차올랐 다. 그러면 수탁은 더 빨리 달렸다.
　점심시간, 수탁의 달리기는 구령대 아이들에게 신기한 구경거리였다.
　"요즘 쟤, 너무 조용한 거 아냐? 어째 조마조마하다."
　"냅둬라! 저러다 말겠지. 그런데 그때 그놈은 어떻게 됐대?"
　"몰라. 학교엔 안 나온다고 하던데. 무슨 상관이야, 어디서 뭘 하든."
　이러쿵저러쿵 수다를 떠는 아이들 사이에서 무치는 조용히 웃었다. 무치는 뒷산 공터 사건이 뿌듯했다. 수탁에게 밀린다는 기분도 사라졌 다. 내가 아니었음 너 그날 죽었어. 수탁이 스스로 구령대를 떠난 것도 만족스러웠다. 무치에게 그것은 수탁이 더 이상 A중 일진이 아니라는 의미였다. 무치는 달리는 수탁을 보며 생각했다.

'그래, 너한텐 그런 짓이 어울려. 다시는 여기 올라올 생각 하지 마! 그러면 나도 너 봐줄 수 있거든. 힘든 일 있으면 언제든 말해. 일짱인 내가 보호해 줄 테니까.'

구령대에 서 있는 누구도, 수탁이 형태 패거리에게 맞은 날 병오를 찾아가 꺽꺽대며 울었고, 며칠을 망설이다 무에타이 도장에 등록했다는 걸 알지 못했다. 수탁은 달렸고, 구령대는 평화로웠다.

화란이

LOUIS

만약에 네가 동숭동 어딘가의 학교를 다니고, 수업이 끝나자마자 마로니에 공원을 지나 학원에 간다면, 너는 이미 화란이를 보았을 것이다. 아마도 "쟨 뭐야?" 했을지 모른다. 길가 벤치에 앉아, 뻐끔뻐끔 담배를 피우며 반쯤 풀린 눈으로 너를 쳐다봤을 테니까. 바싹 마른 허벅지가 훤히 드러나는 깡똥한 치마를 입고 슬리퍼를 짝짝 부딪쳐 가면서. 네가 지금 "아, 걔!" 했다면 십중팔구 화란이의 다음 행동 때문일 것이다. 너를 향해, 카악 가래침을 뱉고는 "이년아, 뭘 봐!" 했을 테니까. 너는 깜짝 놀라 비켜섰을 테고. 화란은 재미있다는 듯 깔깔대며 웃었을 것이다. 어쨌든 너는 지금, 화란이를 기억해 낸 것이 전혀 반갑지 않을 것이다. 화란이는 그런 아이다. 전혀 반갑지 않은.

화란은 휴대폰을 주머니에 넣고, 두루마리 화장지를 풀어 손에 둘둘 감으며 방 안을 둘러봤다. 비좁은 방에 남자애들 셋이 한 덩어리로 엉켜서 자고 있다. 화란이 누구도 건드리지 않고 밖으로 나갔을 때 밖은 봄이었고, 오후였고, 화창했다. 화란은 눈에 띄었다. 죄 뽑아 버린 눈썹에 일자로 자른 앞머리야 흔히 볼 수 있는 것이었지만 가래침은 달랐다. 마로니에 공원 화장실에 도착할 때까지 수도 없이 가래침을 뱉었고, 지나가는 행인들은 뜨악한 표정으로 화란을 곁눈질했다. 화란은 화장실 유리에 옆모습을 비춰 보며, 담배를 피웠다. 동시에 휴대폰을 꺼내 주영에게 문자를 보냈다.

　주영은 화란이 일 년 전에 주유소에서 만난 아이다. 둘은 아르바이트할 때는 별로 친하지 않았다. 주영은 예쁜데다 성격도 좋았다. 손님에게도 사장에게도 같이 일하는 애들에게도 상냥했다. 화란은 그 모두와 다 투었으므로 주영을 '재수 없어' 했다. 둘은 주유소 사장이 소리 소문 없이 주유소를 팔고 사라지고 나서야 친해졌다. 사장 집을 찾아가 화란은 부인에게 욕설을 퍼부었고, 주영은 말없이 울기만 했다. 사장의 부인은 화란의 욕설보다 주영의 눈물을 더 무서워하는 것처럼 보였다. 부인은 밀린 월급의 두 배를 내놓았다. 그것은 사실, 사장이 주영을 건드린 것에 대한 일종의 위로금이었다. 어쨌든 주유소 시절부터 주영은 잠귀가 유별나게 밝아서, 자다가도 문자가 오면 귀신처럼 알고 일어나 답장을 보내고 다시 자는 아이였다.

　둘 사이에 오고 간 문자는 이렇다.

그래, 오늘 등교는 하셨나? (주영은 상고에 적을 두고 있었다.)

푸. 설마. (주영이 잘 때 보내는 문자는 대부분 '푸'로 시작한다.)

또 자냐?

푸. 내 맘이거든.

이따, 홍대! 검정색 펄 구두랑 핸드백 가지고 나와.

푸푸.

잠에서 깬 남자애들은 여전히 방바닥을 뒹굴고 있었다.

화란은 날밤을 새우며 남자애들과 놀다가도, 아침이면(아침이라고 하기엔 무리가 있지만 잠에서 깨고 난 뒤니까 아침이라고 해두자) 남자애들과 으르렁거렸다. 하긴 누구라도 떡진 머리와 눌린 얼굴로 지독한 입냄새를 풍겨 대는 남자애들과 다정하게 속닥이긴 힘들 것이다. 그래서 아침에 화란이 가까운 이동화장실을 두고 왕복 이십 분 거리의 마로니에 공원 화장실을 이용하는 일은 이해할 만하다.

열일곱 살인 화란은 중학교 2학년 여름방학 이후로 가출을 거듭했고, 학교에도 가지 않았으며, '원조'로 돈을 벌고 있었으므로 낮 시간에는 특별히 할 일도 없었다. 화란은 벤치에 앉아, 지나가는 애들을 구경하곤 했다. 어떤 애들은 항상 비슷한 시간에 우거지상을 하고 지나갔다. 어디까지나 화란이 보기에 그렇다는 것이다.

화란은 남자애들에게 눈길도 주지 않고, 익숙한 손놀림으로 화장을 했다. 쌍꺼풀 액으로 쌍꺼풀을 만들고, 인조 속눈썹을 붙이고, 가위로 앞머리를 다듬었다. 짧은 청치마 앞주머니에 쏙 들어가는 폴링나이프(접히는 칼)를 넣기까지 이십 분도 걸리지 않았다. 화란은 콤팩트를 들여다보며 빙긋이 웃었다. 속눈썹이 잘 붙었어.

그때까지 화란을 물끄러미 바라보던 준오가 "완벽해! 예술이야!" 하고 박수를 쳤다. 화란은 그 소리가 싫은 것도 아니면서, 엉덩이 뒤로 가운데 손가락을 펴 내밀었다. 그러자 속옷 차림으로 만화책을 뒤적이던 남자애가 "미친놈." 했고, 다른 하나는 "내버려 둬라. 마누라한테 그쯤 은 기본이지." 했다. 그러니까 그 방에는 화란과 남자애 셋이 있었다.

준오가 화란이 뒤로 와 은근슬쩍 어깨에 팔을 둘렀다.

"공주님! 이따가 라이딩 갈 건데 같이 가실까요?"

준오의 입에서 뭐라 말할 수 없는 야릇한 냄새가 풍겼으므로 화란은 고개를 돌리고 "우웩!" 하고 대답했다. 준오는 화란의 그 같은 반응에 도 여전히 흡족한 얼굴로 화란을 아래위로 훑으며 "완벽해!"라고 중얼 거렸다.

"웬 라이딩? 저 새끼, 아무래도 뭘 잘못 먹은 거 아냐?"

"어제 본드를 너무 심하게 불더라. 쯧쯧."

"내 건 절대 안 돼."

"미 투."

남자애들이 번갈아 가며 말했다.

준오는 일주일 전까지 코멧 250을 탔다. 골목길에 세워 둔 그것은 밤 새 감쪽같이 사라졌다. 준오가 길길이 뛰며 서울 시내 중고 오토바이점 을 이 잡듯 뒤지고 다녔지만, 허사였다.

화란이 준오에게 쏘아붙였다.

"내 돈이나 갚지그래?"

오토바이를 찾겠다고 일주일 동안 쏘다니던 준오에게 돈을 빌려 줬던 것이다.

"걱정 마요, 공주님! 내일 큰 건이 있거덩요. 아니면 모레? 아니면 글피! 두둥 개봉박두!"

준오의 대답에 남자애들이 일제히 두둥! 두둥! 했으므로 화란은 혹시 정말 큰 건이 있는 건 아닐까, 히죽대는 남자애들을 쳐다봤다.

그 셋은 일 년 반 전에 소년분류심사원에서 한 방을 썼다. 모두 비슷한 시기에 6호 처분을 받고, 같은 소년원에 6개월간 있었다. 셋 다 면회 오는 사람이 한 명도 없었다. 소년원을 나와서도 자주 만났다. 학교에 가는 대신, 대낮에 아파트 단지를 돌며 빈집털이를 하거나 지하 주차장에서 차 유리를 깨고 카 오디오를 뜯어다 파는 등, 돈이 될 만한 일은 가리지 않고 했다. 그러나 막상 손에 쥐는 돈은 많지 않았다. 거래하는 놈이 가격을 후려친다고 늘 불평을 했다. 어쨌든 셋은 돈을 합쳐 지금 기거하고 있는 월셋방을 얻고, 준오의 애인, 화란과 동거를 시작했다.

남자애들은 준오가 노래방에서 만난 화란을 애인으로 찍은 걸 의아해했다. 화란은 예쁘지도 않았고, 성질도 나빴다. 잘 때도 폴링나이프를 주머니에 넣고 잤다. 실제로 사용해 본 적도 없으면서 언제든 꺼내 휘두를 수 있다고 시범을 보였다. 물론 남자애들이 화란의 폴링나이프를 겁낸 건 아니었다. 칼집에서 5센티미터쯤 튀어나오는 그것이야 마음만 먹으면 제압 가능했다. 문제는 준오가 화란이라면 벌벌 떤다는 것이었다.

남자애들은 모르지만, 화란은 이미 동거 경험이 있었다. 주유소에서 나온 다음이었다. 남자애가 피임을 하기 싫어하는 바람에 낙태를 하기도 했지만 그런대로 지낼 만했다. 자취를 하던 고등학생이었는데 기분파여서 화란이 원하는 대로 곧잘 해줬다. 잠잘 곳이 마땅치 않았던 화란에게 그 남자애의 친절은 반가운 것이었다. 그러나 어느 날 그 애가 없을 때 화란은 그 애 친구들한테 강제로 당했다. 그 애는 그걸 알고, 그냥 공짜로 한번 대줬다고 생각해, 아무렇지도 않게 말했다. "조까, 그거랑 그거는 달라!" 화란의 말에 그 애는 웃었다. 걸레 주제에 자존심은 있어 가지고. 그 애는 그렇게 말했다.

　　화란은 홍대 앞 스타벅스 창가에 앉아, 종이컵에 든 모카 프라푸치노를 홀짝거리고 있었다. 화란은 주영과 만날 때 늘 스타벅스를 약속장소로 잡았다. 메뉴를 고를 때는 말씨조차 달라지곤 했다. "음, 오늘의 커피는 뭐죠?" 천천히 메뉴판을 훑었다. 우연히 초등학교 동창을 만난 뒤로는 주위를 둘러보는 습관도 생겼다. 그때 동창은 화란을 보고 깜짝 놀랐다. 화란은 그 애의 동그랗게 커진 눈동자를 똑바로 쳐다보며 "안녕!" 새침하게 말해 주었다. 멍투성이에 걸레 같은 옷이나 입고 다니던 이화란이 아니라 놀랐지? 화란은 생긋 웃었다. 스타벅스에서는 그 모든 게 가능했다. 화란은 화가 나지 않았고 너그러워졌으며, 침착했다. 아버지에게 칼을 휘두르고, 선생에게 침을 뱉던 아이라고는 상상할 수 없었다.
　　그날 밤 화란의 동창은 무심결에 엄마에게 화란이 이야기를 했다가 혼쭐이 났다. 거기는 왜 간 건데? 그래서 걔랑 연락처라도 주고받았어? 혹시 너 그런 애들이랑 어울리고…… 설마, 그러는 거 아니지? 그래 그렇지. 엄마는 너 믿어. 네 인생에서 지금이 가장 중요한 때니 어쩌니 잔소리 할 필요 없지? 그러니까 그런 애 생각은 아예, 머릿속에서 싹 지워! 엄마가 걱정되는 게 있어서 그래. 너 옛날에 너희 담임선생님이 너무하는 것 같다고, 걔가 불쌍하다 어떻다 했지? 오늘 봐서 알겠지만, 그런 애들은 미래가 뻔해. 나중에 어른 돼서 사회사업이라도 한다면 몰라도 지금은 그런 애한테 관심 가져서 너한테 득 될 거 하나 없어. 엄마 말 무슨 뜻인지 알지? 아이는 고개를 끄덕여야 했다. '내가 뭘 어쨌다고 그래? 내 말은 그냥 걜 봤다, 그거야!'라고 하고 싶었지만 참았다. 그랬다간 밤을 새울지도 몰랐기 때문이다.

주영이 나타난 것은 삼십 분쯤 지나서였다. 새까만 선글라스에, 치렁치렁 플레어스커트를 입었고, 빈손이었다. 화란이 평소 같았으면 그런 주영을 보자마자 버럭 소리를 질렀을 것이다.

"그래, 왔으니까 됐어. 근데 선글라스 코디는 좀 그런데. 아무튼 얼른 가자! 그 아저씨들이 자유로 타고 나갈 거라 늦으면 차 막힌대. 늦지 말라고 천 번도 넘게 말했거든. 오늘 금요일이잖아."

화란이 사근사근 말했다.

"……."

"어머나, 늦겠다. 빨리 가자!"

주영이 대답이 없어도, 화란의 말씨는 변하지 않았다.

그런데 주영이 예상치 못한 반응을 보였다. 못 간다고, 눈물도 보였다. 화란은 스타벅스에서 훌쩍거리며 궁상을 떠는 주영이 못마땅했다. 그래서 어금니를 꽉 물고 나지막이 말했다.

"너 미쳤어? 왜 질질 짜고 지랄이야."

"아빠가, 아까, 또……."

"또, 뭐? 그 새끼 집 나갔다며?"

화란도 주영도 속삭이듯 말했다.

"으응, 근데 아까 술 먹고 들어와서…… 엄마 때리고……."

"썅!"

화란이 참지 못하고 쇳소리를 냈다. 그리고 벌떡 일어나 주영의 손목을 낚아챘다.

나가면 바로 '금요일 홍대 앞'이다. 굳이 설명하지 않아도 눈앞에 그 광경이 좍 그려질 만큼 유명한 거리. 그래서 짙은 화장에 오렌지색 스타킹을 신은 화란도, 새까만 선글라스에 발목까지 내려오는 스커트를 입은 주영도 전혀 눈에 띄지 않았다. 화란은 버럭버럭 소리를 질러 대며 주영을 닦달했다. 요지는, 왜 아직도 집에서 나오지 않느냐, 너희 아버지는 절대 안 변한다, 그것이었다.

화란은 까맣게 잊고 있던 아버지 얼굴이 떠올랐으므로, 퉤 하고 가래침을 뱉었다. 알코올중독이었던 화란의 아버지는 폭력과 폭언을 일삼다가도 술기운이 떨어지면 가누지도 못하는 몸을 벌벌 떨며 말했다. 다시는 안 그럴게. 내가 잘못했어. 집 나간 엄마를 대신해 화란의 머리를 빗겨 핀을 꽂고 화란의 멍든 다리에 약을 발라 주었다. 화란은 그때의 아버지 숨결이 귓가에 닿는 것 같아 부르르 몸서리를 쳤다. 그때 일은 생각만 해도 치가 떨렸다. 어느 날인가 이웃 아주머니의 신고로 경찰이 찾아왔지만 술에 취한 아버지가 욕을 해대며 문을 열어 주지 않자 그냥 돌아갔고, 그 길로 아버지는 이웃집에 가 행패를 부렸다. 그 이후로 동네 사람들은 화란을 보면 그저 고개를 돌렸다.

화란은 담배를 꺼내 뻑뻑 피웠다. 그리고 어디론가 전화를 걸었다. 갑자기 주영과 자기가 동시에 생리가 터졌다고, 원래 친한 애들은 그런 것도 같이 한다고, 웬만하면 그냥 갈까 했는데 한 십 분 전부터 덩어리째 나온다고, 생글생글 웃어 대며 말했다. 하지만 곧, "알았으니까, 끊어! 이 양아치 새끼야!"라고 악다구니를 썼다. 주영은 어쩔 줄 몰라, 얼굴을 가리고 흑흑거리며 말했다.

"뭐라고 하지?"

"그럼 당연히 뭐라고 하지, 너 같으면 알았다, 봐줄 테니까 쉬어라! 그러겠냐? 그래도 기죽을 거 없어. 이 바닥에 그런 놈들이 한둘이냐. 이참에 라인 바꾸지 뭐. 희나가 육대사 뚫어 놨다니까. 오히려 더 잘 된 거야. 거긴 오빠들이 오토바이로 데려다 주고 데리러 온대. 이제 정말 본격적으로 해보는 거지, 뭐. 룰루랄라."

화란은 떨떠름한 표정으로 실내를 둘러봤다. 드럼통에, 뻑뻑한 플라스틱 의자에, 담배꽁초가 굴러다니는 실내 포장마차다. 화란은 쩝! 입맛을 다셨다. 주영이 아버지만 아니었으면 지금쯤 자유로를 신나게 달리고 있을 것이다. 주영이 술잔을 부딪쳤을 때도, 화란은 술잔을 들어 살짝 입에 대기만 할 뿐 마시지는 않았다. 그런데 주영은 안주가 나오기도 전에 연거푸 술잔을 들이켰다. 화란은 주영이 이상하다고 생각했다. 주영을 알고 있다면 너라도 그랬을 것이다. 주영은 술 담배를 못했다. 언젠가는 화란이 억지로 술을 먹였다가 기절한 주영을 업고 간 적도 있었다.

얼굴이 새빨갛게 달아오른 주영이 입을 열었다.

"화란아, 있잖아."

"엉?"

"엄마가 이대로는 안 되겠다고……."

"안 되겠다고, 뭐?"

"도망가재……. 나도 그러고 싶어."

"또 그 소리야! 지겹지도 않니? 심심하면 그러게!"

화란이 손에 들고 있던 담배를 바닥에 던지고 구두 앞코로 짓이겼다.

"아니야, 이번엔 정말로, 정말로 갈 거야. 외할아버지가 오라고 했어. 외가 쪽 친척들도 많고, 빈집도 많대. 좀 멀기는 하지만 내가 다닐 만한 학교도 있대. 정규 학교는 아니지만, 거기 들어가서 미용사 자격증이라도 따고……."

"뭘 따?"

화란은 어이가 없다는 듯 피식 웃었다. 다시 담배에 불을 붙였다.

"허, 그 새끼한테 맞더니 완전히 돌았구나?"

화란은 아랫입술을 잘근잘근 씹었다. 심심하면 도망가겠다고 읊어 대더니, 고작 시골에 미용학원? 자격증? 성질 같아선 한 대 때리기라도 하고 싶었다. 하지만 화란은 주영이 손에 쥔 술잔만 빼앗아 단숨에 들이켰다.

화란은 비틀거리는 주영을 끌고 술집을 나왔다. 약국에 들러 술 깨는 약을 달라고 했다. 카운터에 있던 남자는 익숙하게 뒤돌아서서 쯧쯧 혀를 찼고, 조제실에 있던 그의 아내는 화란을 흘끗 보고는 급히 휴대폰 문자를 보냈다. **우리 딸 뭐 해?** 답장은 금세 왔다. **뭐 하긴. 학원이지. 제발 방해 좀 하지 마!** 여자는 안도의 한숨을 쉬며 빙긋이 웃었다.

약국을 나온 화란과 주영은 벅적거리는 난전을 지나 놀이터로 갔다. 놀이터에는 노골적인 애정 행각을 벌이는 커플도 있고, 벌써부터 취해서 뻗어 버린 애들도 있고, 언성을 높이며 다투는 패거리도 있었다. 그래서 구석진 벤치에 나란히 앉은 화란과 주영은 다정한 친구처럼 보이기에 손색이 없었다. 쓱 돌아보면, 힘들어 하는 친구의 등을 토닥이고, 친구에게 약병을 따주고, 다시 돌아보면 가벼운 포옹을 하는 절친한 친구. 둘의 대화를 들어 봐도 그렇고.

"당장 시골에 간다고 치자. 너희 엄마 꿍쳐 놓은 돈이라도 있대?"

주영은 고개를 흔들었다.

"그럼, 너희 외할아버지 돈 좀 있어?"

주영은 다시 고개를 흔들었다.

"그럼, 너라도 모아 둔 거 있어?"

주영은 기어들어 가는 목소리로, 아니 했다.

"그럼, 불쌍한 것들 대환영! 플래카드라도 걸고 누가 기다린대?"

주영은 망설이다 대답했다.

"하지만 엄마랑, 외할아버지가 있으니까……."

"꿈 깨! 손가락질이나 안 하면 다행일걸. 그 새끼는 어쩌고? 저번에 너희 엄마 쉼터로 도망갔을 때 거기까지 찾아와서 깽판 쳤다며?"

"하지만 엄마가 이번엔……."

"쌍, 누군 엄마 없냐? 엄마! 엄마! 엄마 소리 좀 그만 해! 그 잘난 니

네 엄마가 너한테 해준 게 뭔데?"

주영은 움찔했다. 화란은 엄마 얘기를 몹시 싫어했다.

"내 말 들어! 눈탱이만 가라앉으면 확 나와 버려! 도망가네 어쩌네 헛소리 하지 말고. 아주 지겹다 지겨워! 알았어?"

주영은 화란의 서슬에 고개를 푹 숙이고 훌쩍거렸고 들릴 듯 말 듯 말했다.

"사실은 엄마가 아는 거 같아. 오늘도 어디 가냐고……."

그러나 화란은 못 들은 척 외면했다. 카악 가래침을 뱉었다. 화란은 주영이 없으면 곤란했다. 주영을 데리고 나가면 일단 먹고 들어가는 게 있었다. 예쁜 여자애. 남자들은 주영을 보면 얼굴이 금세 달라졌다. 돈이 나왔고 웃음이 나왔고 친절해졌다. 젊거나 늙수그레하거나 다 그랬다.

준오가 야마하 R6(천 만원이 넘는 대표적인 네이키드 오토바이로 코너링과 발 착지성이 뛰어나고 심장박동을 연상시키는 배기음으로 유명하다)를 타고 나타난 것은 한 시간쯤 지나서였다. 화란이 주영을 집까지 데려다 준다며 준오를 부른 것이다. 준오는 오토바이 점퍼에 풀 페이스 헬멧까지 썼다. 같이 온 애는 로드윈이라는 흔히 볼 수 있는 기종을 몰고 왔다. 화란이 준오의 오토바이가 야마하 R6라는 걸 알아본 것은 아니다. 그래도 중국집 배달 오토바이나 퀵 서비스 오토바이와는 다른 '뽀대 나는' 오토바이라는 건 알았다.

준오는 헬멧을 벗으며 씩 웃었다. 어때! 놀랐지? 하는 투로. 준오가 그러지만 않았어도 화란에게 괜한 타박은 듣지 않았을 것이다.

"쇼를 하네. 기다리다가 숨 넘어가는 줄 알았다!"

준오는 히죽대며 어깨를 으쓱했다. 그러고는 "앤, 노란머리 장고야! 이쪽은 내 마누라!" 했다. 장고라고 소개받은 애가 오토바이 손잡이를 두어 번 돌려 붕붕 소리를 냈다. 그게 그 세계의 인사법이라는 듯이.

화란과 주영은 준오와 장고의 오토바이를 타고 홍대 앞을 지나 신촌 로터리로 나갔다. 화란은 준오 뒤에 주영은 장고 뒤에 탔다. 준오는 속력을 높이며, 차들 사이사이로 미끄러지듯 부드럽게 달렸다. 화란은 눈을 감았다. 온몸으로 짙은 도심의 밤바람이 지나갔다.

"죽이지 않냐? 바이크는 말이야, 라이더의 애정을 온몸으로 느끼거덩. 이놈은 지금 내가 자기를 얼마나 원하는지 안다고. 내 사랑 알식스! 근데 왜 화란이는 모를까? 준오의 이 애타는 마음을. 하하하."

준오는 계속 떠들어 댔다.

"로드윈하곤 급이 다르지. 코딱지만 해가지고, 덜덜덜 떨어 대는 것들하곤 비교할 수가 없지. 그대로 킹! 아니지, 그대로 퀸! 꼭 우리 화란이 같다니까. 복종하지 않으면 가까이 할 수 없지. 그래서 미치도록 사랑스럽잖아. 하하하."

"시끄러우니까 그 입 좀 다물어!"

화란은 조금 전보다 더 큰 소리로 준오를 구박했다.

"너, 내 돈이나 내놔!"

그 돈이 꼭 필요한 것도 아니면서 재촉을 한다.

"아, 예! 쫌만 기다리시죠! 큰 건 있다고 했잖습니까. 태풍의 전야! 큰 게 오려면 때가 다다를 때까지 기다려야 합죠! 원하는 거 다 사줄게. 일단 커플링부터 하고, 하하하."

"하튼, 입만 살아 가지고. 뻥이기만 해봐! 그날로 넌 죽었어."

"아, 예! 복종! 명심! 충성!"

두둥둥둥둥두둥둥.

준오는 속력을 높였고, 화란은 준오의 허리를 꽉 붙잡고 등에 기댔다. 코끝이 싸한 도심의 냄새, 불빛, 맹렬한 스피드가 화란과 준오를 하나로 묶었다. 어떤 말도 필요치 않았다. 그것으로 족했다. 우리라면 적어도 이거 누구 거냐고, 어디서 났냐고, 한 번쯤 물어볼 만도 한데, 화란은 끝까지 묻지 않았다. 훔쳤거나 빌렸거나 상관없다고 생각했다. 대체 무슨 상관인가. 방해받지 않으면 그만이다. 준오의 오토바이가 단 한 번도 경찰의 제지를 받지 않고 주영이 사는 동네에 도착한 것처럼.

며칠 동안 준오의 말대로 '태풍의 전야'가 이어졌다. 남자애들은 아무 데도 가지 않고 화란의 단골 PC방에 처박혀 낄낄댔다. 새벽녘에 과자 몇 개를 사들고 들어가 술을 마시거나 본드를 불었다. 신나게 허풍을 떨었다. 오토바이 잡지를 뒤적였고, 돈이 생기면 하고 싶은 일을 돌아가며 읊어 댔고, 마로니에 공원에서 패싸움을 했다. 같이 놀자고 화란에게 집적댄 고등학생들이었다. 화란은 싫지 않았다. 오랜만에 놀 건수가 생겼다고 내심 반가워했다. 괜스레 준오가 덤벼들어서 패싸움이 된 것이다. 그래서 준오는 코가 퉁퉁 부어올라 꼴이 우스워졌다.

화란은 준오에게 타박을 하다 지치면 주영에게 문자를 보냈다. '멍은 가셨어?' '걱정하지 말고 나만 믿어.' '알고 보면 이거 암것도 아니야!'

등등의. 화란의 말은 어떤 면으로 보면 사실이었다. 화란은 '원조'를 하기 전에 호프집 아르바이트를 하다가 손님과 사장, 양쪽으로부터 성추행을 당하고 쫓겨났다. 돈도 못 받았고 신고도 못했다. 사장은 화란이 신고하지 않으리란 걸 알고 있었다. 경찰이 개입하면 화란은 결국 집으로 돌아가야 하니까. 집으로 돌아가는 건 죽기보다 싫었다.

지독하게 화창한 날 아침, 남자애들이 어디선가 호출을 받고 나갔다. 오전 열 시였으니 화란에게는 한밤중의 소동이었다. 잠에 취해 준오가 볼에 키스를 퍼붓는데도 몇 번 뒤척거리다 다시 곯아떨어져 오후 늦게 일어났다. 공원에서 바로 PC방으로 갔다. 주영은 내일 강남역에서 보기로 했고, 딱히 다른 데 가서 놀 만한 돈도 없었다.

화란은 '세이클럽'과 '버디버디'를 오락가락했다. 구경하는 중이었다.

강북 노원 15세 무제한 풀 서비스. 1:2도 가능. (쪽지 요망)
강남 오빠들, 콜 미. (011-888-**)**

너도 한 번쯤은 봤을 것이다. 호기심에서 클릭해 보고 깜짝 놀라 닫은 적도 있을 것이다. 야한 사진을 보고 '헉' 소리를 냈을지도 모른다. 그러나 거기까지다. 너에게 그것은 호기심 이상이 될 수는 없을 테니까. 그러나 화란은 그곳을 들락거리며 키득키득, 열었다 닫았다, 열중했다. 그중 누군가에게 쪽지를 보내 채팅을 하고, 화상으로 입술을 클로즈업한 사진을 찍어 보냈다. 상대방으로부터 네가 보기에 민망한 사진을 받고,

번개 쪽지도 받았지만 '선약 있음' 했다.

　화란의 뒷좌석에 앉은 앳된 남자애가 유난히 들락거리며 화란을 힐긋댔다. 옆자리 또래 남자애와 고개를 맞대고 킥킥거리다가도 화란의 인기척을 느끼면 쿵쿵 헛기침을 하는 시늉을 했다. 너도 그 자리에 있었다면 화란을 두어 번은 힐긋거렸을 것이다. 모니터에 뜬 민망한 사진보다 화란에게 더 강한 호기심을 느꼈을 테고, '쟤, 뭐야?' 했을 것이다. 그러다 화란과 눈이라도 마주치면 황급히 고개를 돌리고 안 바라본 척, 관심 없는 척! 시치미를 뗄 테고.

　밤 아홉 시가 넘도록 화란은 다른 사이트엔 얼씬도 안 했다. 열두 시가 넘어서야 시간을 확인하고 텅 빈 담뱃갑을 구기며 일어나 화장실에 갔을 뿐이었다.

　오줌을 누는데 살짝 피가 비쳐서, 화란은 엇! 하며 양변기를 들여다봤다. 지금이야 피임을 하지 않으면 절대 관계를 갖지 않지만 예전에는 안 그랬다. 두 번 임신중절 수술을 받은 이후로 화란은 가끔 하혈을 했다. 양이 많은 적도 있고 흔적만 보일 때도 있었다. 신경 쓰이는 일이었다.

　'괜찮아, 안 죽어! 이런 거로 죽었으면 이화란은 벌써 천 번도 넘게 죽었어!'

　화란은 짐짓 아무렇지도 않은 척 고개를 들었다. 이런 일 따위로 우울해지는 건 질색이었다. 그래서 화란은 하혈이 있을 때면 명랑한 듯 자신을 꾸몄다. PC방 주인이 카운터를 지나가는 화란을 붙들고 말을 걸었을 때도 화란은 나름대로 명랑하게 대꾸했다.

　"그 새끼들이야 잘 있겠죠, 뭐."

주인이 자리에 앉는 화란의 뒤통수에 대고 한마디 더 했다.

"그런데, 오늘은 왜 혼자야?"

"글쎄요. 사람은 누구나 혼자 아닌가요. 크크."

화란은 대답했고, 주인은 고개를 갸우뚱거리며 유심히 모니터를 쳐다 봤다. 그가 보고 있는 것은 네이버 실시간 사건사고 소식이었다.

[앵커 멘트]

오늘 오후 3시경 삼성동 주택가에 십대 가출 청소년들로 보이는 떼강도 가 흉기를 들고 난입, 가사 도우미 이모 씨에게 상해를 입히고, 다량의 현 금과 귀중품을 들고 달아난 사건이 발생했습니다. 그들은 가사 도우미 이 모 씨를 결박해 붙박이장 안에 가둔 뒤 오토바이를 타고 도주하였으며, 일당 중 한 명이 주택가 입구 도로에서 학원 차량과 부딪쳐 중태에 빠졌 다고 합니다. 경찰은 중태에 빠진 범인의 오토바이가 도난신고가 되어 있 다는 것에 주목하고 수사를 진행한다고 말했습니다.

[인터뷰-가사 도우미]

복면을 했는데, 딱 봐도 애들이더라고요. 집 나온 애들 있잖아요? 모자 밑으로 노랗게 물들인 머리하며. 참, 한 놈은 코가 부러졌는지 퉁퉁 부었 더라고요. 사고 나서 병원에 있다는 그놈 말이에요.

화란은 PC방을 나올 때까지 그 기사를 보지 못했다. 앞으로도 누군가 알려주거나 우연히 보게 된다면 모를까, 그 기사를 볼 가능성은 거의 없었다.

화란은 잠들기 전에 몇 번이고 준오에게 전화를 걸었다. 준오는 전화를 받지 않았고(전화기가 학원 버스 바퀴에 박살이 났으니 받을 리가 없다) 다른 남자애들 전화기는 꺼져 있었다. 뭐야, 이것들이 한 건 하고 튄 거야? 화란은 잠이 확 달아났다. 여기저기 전화를 했다. 신기하게도 아무도 받지 않았다.

알고 보면 화란은 다른 누구보다 준오에게 집착하고 있었다. 준오에게만 벌써 서른 번이 넘게 전화를 했다. 겉으로는 퉁퉁거렸고, 손 한번 제대로 잡아 준 적 없었지만 화란의 마음에는 준오가 있었다. 화란은 피가 나게 입술을 깨물며 준오에게 문자를 보냈다. 나쁜 새끼, 사고나 나라! 그러고 나서도 계속 준오에게 전화를 했다. '확인하고 싶음' 그것이었다. 어떤 걸 확인하고 싶은지는 화란도 알 수 없었다.

화란이 잠이 든 것은 그뒤로도 한참이 지나서다. 해가 뜰 무렵이었다. 화란의 꿈은 어지러웠다. 열 살 이후로 본 적 없는 엄마, 머리를 빗겨 주는 아버지, 어린 화란이 있었다. 어린 화란은 뜨거운 땡볕 아래 서서 줄줄 녹아 내리는 아이스 바를 꼭 쥔 채, 엄마를 불렀다. 엄마아아아 소리는 입 안에서만 뱅뱅 돌 뿐, 밖으로 나오지 않았다. 목은 꽉 막히고 가슴은 옥죄고 발밑이 푹푹 꺼졌다.

화란은 가위에 눌려 허우적대다 간신히 눈을 떴다. 눈물이 나올까 봐 힘껏 소리를 질렀다. "아, 썅! 재수 없어!" 이게 다 그 자식, 준오 때문이야. 나쁜 새끼! 화란은 악몽과 준오를 번갈아 떠올렸다. 잠깐, 본드를 불까? 생각했다. 본드를 하면 그런 꿈 따윈 꾸지 않았다. 세상이 달콤해지고 기분이 좋아졌다. 그래도 오늘은 안 되지……. 화란은 아쉬운 마음을 달래며 다시 준오에게 문자를 보내려고 휴대폰 폴더를 열었다. 부재중전화 5건. 바로 통화버튼을 눌렀으나 수신불능이었다.

화란과 주영을 데리러 온 남자는 오토바이에 앉아 신경질적으로 담배를 피웠다. 일곱 시가 지났는데 주영은 강남역 2번 출구 앞에 나타나지 않았다. 그렇게 주영을 기다리는 동안, 직장인처럼 보이는 행인들이 화란과 남자 곁을 지나쳐 갔다. 그중 젊은 남자 두엇이 야릇한 눈길로 화란을 돌아보며 손으로 입을 가리고 귓속말을 주고받았다. 요즘 저런 애들 길거리에 많아요. 왜, 관심 있어?

화란은 주영에게 전화를 하고 계속 문자를 보내고 있었다.

야! 왜 그래? … 어디야? … 빨리 와! … 제발!! 오늘만 봐줘!

주영은 대답이 없었다. 일곱 시 사십오 분이었다. 화란은 주영이 나오지 않을 거라는 걸 알았다. 남자가 화란을 인도로 밀어내며 시동을 걸었다.
"뭐 이런 년들이 다 있어, 그만둬!"
화란은 다급하게 남자의 허리를 붙잡고 늘어졌다.
"오빠! 내가 다 알아서 할게. 후회 안 하게 해줄게. 응? 응!"
남자는 잠깐 망설이다, 진짜지? 했다. 그리고 오늘 일당은 없다, 만약에 오늘 네 말대로 잘 되면 계속 일하고 안 그러면 끝이다,라고 덧붙였다.

남자가 화란을 데리고 간 곳은 신림동 주택가였다. 오래된 빌라와 비탈진 골목을 돌아, 다세대주택 앞에 화란을 내려줬다. 가끔 이렇게 집으로 부르는 남자들이 있다. 대부분 여관이나 모텔, 혹은 차로 불러들이지만. 남자는 나중에 데리러 오겠다는 말을 남기고 갔다. 화란이 B102호 앞에서 초인종을 찾았다. 그때 주영에게서 연달아 문자가 왔다.

미안해 … 엄마 때문에 … 도저히 안 되겠어.

하나씩 문자를 확인할 때마다 화란의 입이 조금 더 크게 벌어졌고 나중에는 꽉 다물어졌다. 엄마! 엄마! 잘났군. 세상에 둘도 없는 딸이로군! 효녀 났군! 화란은 당장 주영에게 쫓아가고 싶었다. 철썩 따귀라도 올려붙이고 싶었다. 안 오면 어떤 일이 벌어질지 뻔히 알면서 나를 엿 먹여!

문을 열어 준 남자는 안경을 썼고, 삼십대 초반으로 보였다. 고시생? 백수? 텔레비전을 보며 과일이라도 먹고 있었는지, 작은 탁자 위에 갈변한 사과 몇 알과 왕왕 시끄럽게 떠들어 대는 텔레비전 소리가 났다.

남자는 화란이 혼자 온 것과 늦은 것에 대해 불평을 늘어놓았다. 화란은 참을성 있게 남자를 달랬다. 그럴 기분이 아니었지만 지금 이 상황에서는 최대한 남자의 기분을 맞춰 줘야 했다.

기분이 풀렸는지 남자가 불을 끄면서, 이곳은 방음이 안 돼! 하며 텔레비전 볼륨을 더 크게 올렸다. 남자는 성급하게 관계를 하려고 들었다. 그리고 엉뚱하게도 주영이 얘기를 했다. 예쁘다고 하던데 정말이야? 둘이 친해? 둘이 언제부터 같이 했어? 화란은 건성으로 신음 소리를 낼 뿐 대꾸는 하지 않았다. 평소라면 과장된 신음 소리를 내고, 끊임없이 몸을 움직였겠지만 다 귀찮았다. 빨리 끝내고 주영에게 달려갈 생각이었다. 그래서 어두운 방 안에는 중얼거리는 남자와 텔레비전 소리만 가득했다. 그리고 그 사이로 언제부턴가 일정한 휴대폰 진동음이 끊이지 않고 들려왔다. 한 번 끊어졌다 다시 울리고 또 다시 울렸다. 거슬렸다.

"전화 온 거 아냐?"

화란은 참지 못하고 말했다. 남자는 꺼놨다고 했다. 그렇다면 화란의 것이었다. 누구지? 화란이 생각하는 동안에도 휴대폰 진동음은 그칠 줄 몰랐다. 퍼뜩 부재중전화 5건이 떠올랐으므로, 화란은 자기도 모르게 남자의 어깨를 밀쳤고, 남자는 짜증스럽게 "뭐야!" 했다.

"잠깐만요! 전화 받고 화끈하게 해줄게요."

남자는 한층 더 짜증스럽다는 얼굴로 벽에 기대고 앉아, 담배를 빼 물었다.

낯선 번호였다. 화란은 폴더를 열었다.

"화란이냐! 나야 영민이. 전화는 왜 이렇게 안 받아?"

화란이 대꾸하기도 전에 영민이 말했다.

"아 지금 그게 문제가 아니지. 있잖아, 우리 지금부터 잠수야. 도바리! 그러니까 너도 알아서 해. 전화하지 말고. 어차피 해도 안 받아. 그리고, 아, 씨발! 준오 말이야! 그 새끼가 너 엄청 좋아했잖아. 너도 알지? 애들은 너한테 알릴 필요 없다고 그러는데, 그래도 그러는 게 아니지. 화란아! 준오 그 새끼, 죽었을지도 몰라……."

화란은 입도 벙끗 못했다.

"어제, 사고 났어. 아, 잘 끝났는데, 끝내 주게 털었는데, 나오다가 준오 오토바이가 미끄러졌어. 버스랑 박았어. 붕 떴거든. 몰라, 그담엔 어떻게 됐는지. 아, 씨발! 아마 죽었을 거야. 그래, 죽었을 거야. 아 존나 왕창 털었는데. 아, 씨발! 그 새끼 불쌍해서 어떡하냐……."

전화가 끊겼다.

그러니까, 영민이는 지금, 준오가 죽었다고 말했다. **준. 오. 가. 죽. 었. 을. 거. 라. 고.** 화란은 천천히 중얼거렸다. 말도 안 돼. 그럴 리가……. 화란은 고개를 흔들었다. 거짓말일 거야. 아니야! 그럴 리가 없어! 화란은 막 정신이 든 아이처럼, 눈을 껌벅이며 일어났다. 준오한테가 봐야겠어. 어디로? 어디로 가지? 화란은 사방에 흩어져 있는 옷가지 중 하나를 집었다. 브래지어였다. 그때까지 화란을 잠자코 지켜보던 남자가 그것을 빼앗아 방바닥에 던졌다.

"너, 지금 뭐 하는 거야?"

남자의 말에도 화란은 팬티를 집어 한쪽 발을 꿰었다. 남자가 화란의 손목을 잡았다. 옴짝달싹할 수 없는 악력이었다.

"이게 지금 뭐 하는 짓이야? 아직 안 끝났잖아!"

남자는 말을 하면서도 화란의 손목을 놓지 않았다.

"이거 놔. 지금까지 했잖아. 돈 안 받을 테니까, 그냥 간다고!"

화란이 손목을 뿌리쳐 보았지만 남자의 손에는 더 힘이 들어갔다. 남자는 다른 손으로 화란의 머리채를 잡아 벽으로 밀어붙였다.

"누구 맘대로 그냥 가?"

남자가 화란의 코앞에 얼굴을 들이밀었다. 퉤! 화란이 남자의 얼굴에 침을 뱉었다.

"이게 미쳤나! 걸레 같은 년이 어디서 누구한테 지랄이야!"

남자가 화란의 정강이를 향해 사납게 발길질을 했다.

"씨발, 왜 때려? 그래, 나 걸레다. 너는 걸레 왜 불렀는데? 뭐 하러 불렀는데? 이거 놔, 놓으란 말이야, 이 더러운 변태 새끼야!"

화란은 고래고래 소리를 질렀고, 그것은 남자의 화에 기름을 부은 것이나 마찬가지였다. 남자는 이성을 상실한 채 화란을 향해 폭력을 휘둘렀다. 화란은 이런 상황에 대해 누구보다도 잘 알고 있었다. 오랫동안 가정폭력에 시달려 온 탓이기도 했고, 아버지에게 칼을 들이대고 집을 뛰쳐나온 때문이기도 했다. 화란은 남자의 사나운 발길질 아래, 격렬한 통증 속에서도 정신을 집중했다. 손을 뻗어 더듬었다. 벗어 놓은 청치마를 용케 찾았고, 앞주머니에 있던 폴딩나이프를 손아귀에 움켜쥐었다. 그리고 남자를 향해 휘둘렀다. 어디를 찌르겠다, 하는 계획 같은 건 없었다. 그러나 눈을 가리고 쓰러진 남자는 일어나지 못했다.

화란은 걸었다. 골목을 지나, 큰길까지. 어디가 어딘지 알 수 없었지만 더 밝은 곳으로 더 넓은 길로 가고 있는 것만은 분명했다. 화란을 본 몇몇은 어리둥절한 표정으로 화란의 뒷모습을 계속 바라보았고, 졸고 있던 과일가게 아저씨는 번쩍 눈을 뜨고 일어나 손가락질을 했다. 자전거를 타고 지나가던 남자애는 급브레이크를 밟다 옆으로 넘어졌다. 개중에는 비명을 지르며 얼굴을 가린 사람도 있었다. 아마 너라도 그랬을 것이다. 화란은 봉두난발에 입다 만 듯한 행색이었고, 맨발이었으며, 허벅지를 타고 줄줄 피가 흐르고 있었으니까.

화란은 이제 큰길로 접어들었다. 한기를 느끼고 몸을 떨었으며, 마스카라가 번진 시커먼 눈으로 주위를 두리번거렸다. 취객 몇과 늦은 귀가를 재촉하는 교복 차림의 학생들이 보였다. 화란은 입을 가리고 황망히 지나가던 여학생을 향해 손을 내밀었다. 아니, 정확하게는 달려들었다. 그러자 그 여학생은 비명을 질렀고, 겁에 질린 얼굴로 달아났다. 너였다고 해도 다르지는 않았을 것이다. 그런 모습의 화란이 너에게 달려든다면 누구나 그렇듯 공포를 느꼈을 테니까.

그날 밤거리를 헤매던 화란이 파출소로 연행될 때까지 누구도 화란에게 다가가지 않았다. 화란이 다가올까 봐, 화란이 자기 앞에서 쓰러질까 봐, 내심 불안에 떨며 몸을 움츠렸다. 행여나 화란과 시선이 마주칠까 봐 종종걸음으로 달아났다. 되도록 멀리. 화란은 그런 존재였다. 우리 앞에서, 우리를 향해 쓰러져서는 안 되는. 하룻밤 심심풀이 욕망의 대상이거나 호기심의 주인공이 될 수는 있지만 어린 너의 친구, 너의 누나, 너의 동생이어서는 안 되는, 너희들 바깥을 서성이는 존재.

까망의
왼쪽 가슴

우선 문 열린
새장을 하나 그릴 것
– 자크 프레베르의 「어느 새의 초상화를 그리려면」에서

　　정희는 교실 바깥에서 가만히 들여다보면 '어머, 저렇게 얌전한 애도
다 있네!' 하고 눈이 가지만 교실 안으로 들어가면 어디 있는지 찾기 힘
든 아이였다. 그날도 그랬다. 겨울방학 이틀 전이었는데 종례시간에 담
임이 늦자, P중 2학년 1반 교실은 아우성과 고함 소리로 정신없이 달아
올랐고, 실내화나 지우개 따위가 획획 날아다녔다. 정희는 그 속에서 누
군가 깨끗이 지워 둔 칠판처럼 조용했다. 책상 위에 얌전히 손을 모으고
앉아 있었다. 가끔 한 손을 빼내 흘러내리는 옆머리를 귀 뒤로 넘기고,
보일 듯 말 듯 웃을 때 말고는 움직임이라곤 없었다.
　　정희는 줄곧, 어제 본 케이블 TV 리얼리티 쇼 「롤리팝 걸즈의 위기」
를 생각하고 있었다. 끝날 때쯤 "까망이라니, 너무 멋지다!" 연두가 양
볼을 감싸고 소리를 지르자,
　　– 내일 막방, 드디어 까망 등장! 왕 설레는 연두!
하는 큼지막한 자막이 뜨고 끝이 났다. 「롤리팝 걸즈의 위기」는 그날 마
지막 회 방송을 앞두고 있었다. 줄곧 관심의 대상이었으나 예명마저 공

개되지 않던 롤리팝 걸즈의 새 멤버로 '까망'이 등장한다는.

정희와 같은 반인 A는 롤리팝 걸즈의 새 멤버에 대해 이렇게 말했다.

"그야 당근 보컬이지. 보라 대신 들어오는 멤버니까. 컨셉은 섹시나 귀여움보다는 보이시, 그러니까 '톰보이'일 확률이 높아! 애초에 보라 컨셉이 애매했거든. 이제 와서 하는 말이지만 보라, 걔! 얼굴, 분위기 다 꽝이었잖아. 싼 티 나는 데다 보컬도 약하고. 하긴, 지방 상고 출신이 별수 있겠어? 아무리 서울에 있는 예고로 전학시키고, 깎고 찝고 넣고 해봤자 그 얼굴이 그 얼굴이지. 솔직히 다른 멤버들이랑 수준도 안 맞았잖아. 이것저것 따져 보면, 소속사 연습생 H, P, K 중에 하날 거야. 요즘 H 팬카페 애들이 술렁대는 것도 수상하고!"

정희는 A의 얘기를 하나도 빠뜨리지 않고 들었다. '톰보이'라는 새 멤버를 상상해 보기도 했다. 하지만 누구도 정희가 그 이야기를 그토록 열심히 듣고 있는 줄은 몰랐다. 그래서 정희가 힘들었다는 건 아니다. 정희는 '혼자'인 데 익숙했다. 처음에는 일 년에 두세 번 씩 다닌 잦은 전학 탓이었지만 나중에는 그게 오히려 편했다.

A는 정희와는 여러 모로 달랐다. 2학기 초에 전학을 왔건만 일주일도 지나지 않아 아이들을 몰고 다녔다. 따지고 보면, A는 참 오랜만에 정희에게 관심을 보인 아이였다. A는 전학 온 첫날 정희 짝이 됐는데 대뜸 정희 귀에 대고 속삭였다. 휴, 다행이다. 날라리 같은 애랑 짝이 되면 어쩌나 걱정했거든, 크크. 근데 너 되게 얌전해 보인다! 그 말에 당황한 정희는 화가 난 것처럼 얼굴이 굳어져 입을 꾹 다물고 앞만 쳐다봤다. 정

희에게 그런 식의 접근은 어색하고 당황스러운 일이었다. 다행히 A는 정희에게 다시는 그런 관심을 표현하지 않았다. 데면데면하게 대했다. 딱 한 번, 앞자리에 앉은 아이에게 정희를 두고, "쟤 혹시 왕따니?" 하고 물었다. 정희더러 들으라는 듯이. "아니, 그건 아닌데 그냥 원래 저래!"라는 그 아이의 대답에 "그래!" 한마디 했다. 그때서야 정희는 비로소 안정을 찾았다. 그냥 원래 저래. 그 대답 때문이었다. 달라진 게 있다면, 왜인지 A가 하는 말, 행동, 표정에 마음이 쓰인다는 것이었다.

A는 금방 반 아이들과 가까워졌다. 얼마 지나지 않아 반 아이들 누구나 A가 신인 여성 아이돌 그룹 롤리팝 걸즈의 팬이라는 걸 알게 됐다. A는 하루에도 몇 번씩 "우리 수호천사들은……"이라고 말했다. (수호천사는 롤리팝 걸즈 공식 팬클럽과 팬카페의 이름이다.) 특히 연두에 대한 애정이 각별해 보였다. 연습생 시절부터 팬이었고, 연두의 '전번'도 안다고 했다.

A는 연두에 대해서라면 한 치의 망설임도 없었다.

"쳇! 노오래? 그딴 거 쫌 못하면 어때! 요즘 누가 노래하려고 가수하니? 아이돌 그룹은 차세대 엔터테이너의 산실이란 말도 몰라? 그리고 너희, 연두 언니 집안이 어떤 집안인지 알기나 해? 할아버지는 장관이었고, 엄마는 미코 출신, 아빠는 클리블랜드 대학 교수야. 오빠는 하버드 다녀. 외모만 봐도 답 나오잖아, 귀티가 자르르! 성형으로 본판 교체한 애들하곤 급이 다르거든! 그런데도 우리 연두 언니, 얼마나 착한데. 잘난 척 절대 안 하고, 거짓말도 할 줄 모르고, 우리 수호천사들한테도 얼마나 상냥한데. 연예인 되기 전에 완전 생날라리로 놀았으면서 가면 쓰고 얌전한 척 내숭 떠는 애들하고는 차원이 다르지! 그런 애들만 보면 진짜 토 나온다니까, 우웩!"

언젠가 A에게 곤욕을 치른 아이도 있었다. 개인 사정을 이유로 롤리팝 걸즈를 탈퇴한 보라를 두고 '연두·보라 불화설' '보라·연두 한밤 난투극설' '연두·보라 보복 폭행설' 등의 '설'을 들먹였기 때문이다. 처음에 A는 '경쟁사 TM에서 퍼뜨린 유언비어다, 연두 언니가 처음에 오디션을 TM에서 봤는데, 그쪽이랑 계약을 안 해서 계획적으로 음해하는 거다'라고 점잖게 대응했다. 그러다 상대가 수긍하지 않는 기색을 보이자, "그래, 넌 그 루머를 믿는단 말이지? 좋아. 그 말이 사실이 아니면 어쩔래? 너, 어떻게 책임질래? 말해 봐. 어떻게 책임질 거냐고!" 하고 들볶으며 그 아이를 종일 따라다녔다. 결국 A는 "미안해. 다신 그런 소리 안 할게."라는 항복을 받아 냈다. 정희가 생각하기에 A는 연두를 위해서라면 못할 것이 없어 보였다.

정희는 언제부턴가 학교에서 롤리팝 걸즈 생각을 했다. 초록, 파랑, 연두. 그중에서도 연두 생각을 가장 많이 했다. 늘 A가 하는 연두 얘기를 들어서 연두를 좋아하게 된 건지, 확실치는 않았다. 어쨌든, 연두는 아이처럼 잘 울고 잘 웃었다. 늦은 밤 연습실에서 퉁퉁 부은 다리를 붙잡고 펑펑 울다가도, 별명이 산타인 매니저가 떡볶이를 사 들고 나타나면 까르르 웃음을 터뜨렸다. 그래서 연두가 등장하는 화면에는, **떡볶이면 눈물 뚝, 천진난만 연두!** 라는 자막이 뜨곤 했다. 정희는 그런 연두를 보며 혼자 웃곤 했다.

＊

좁고 허름한 다세대 주택 골목 어귀에서부터 정희의 걸음이 빨라졌
다. 집 앞 전봇대를 지날 때는 거의 뛰다시피 하더니, 입구에서는 성큼
성큼 두세 개씩 계단을 밟고 올라갔다.

301호 문을 열자, 현관에 오빠가 벗어 놓은 운동화가 보였다. 정희는
신발을 조심스레 벗었다. 그러고는 좁은 마루를 고양이처럼 살살 지나
가 TV를 켰다. 볼륨을 최대한 낮췄다. 오빠를 깨우고 싶지 않아서였다.

"아우, 너무 멋져요! 보자마자 반했어요! 두근두근, 우리의 까망을 소
개합니다!"

뒷모습을 보이며 앉아 있는 까망을 향해 초록과 연두와 파랑이 일제
히 손을 내밀었다. 정희는 한 걸음 더 바짝 TV 앞으로 다가섰다. 정희
의 가슴은 이미 잘 숙성된 반죽처럼 부풀어 올라 있었다. 마침내 준비된
피날레, 까망이 일어나 돌아섰다. 정희는 저도 모르게 움찔했다. 까망은
'톰보이'가 아니었다. 연두가 아이 같다면 까망은 소녀. 소녀의 바스라
질 것 같은 연약함. 그런 얼굴을 하고 있었다. 정희는 조금 더 어깨를 움
츠리며, 클로즈업된 까망의 얼굴을, 옅은 갈색 눈동자를 바라보았다. 까
망의 눈동자에 카메라가 얼비쳤다. 그리고 거짓말처럼 스르르 눈물이
차올라 그렁그렁해지더니, 어느 순간 작고 투명한 액체가 되어 볼을 타
고 굴러 떨어졌다. 그것은 "신비롭게 굴러 떨어졌다"라고 해야만 했다.
정희는 흡, 소리와 함께 손으로 입을 막았다. 하마터면 오빠를 깨울 만
큼 큰 소리로 감탄사를 뱉을 뻔했기 때문이다.

그때 갑자기 채널이 바뀌었다. 오빠다. 언제 일어났는지 리모컨으로 채널을 바꾼 오빠가 정희 뒤에 서 있었다.

"아 씨. 쟨 왜 질질 짜고그래, 재수 없게! 빨랑 밥 줘! 배고파 완전 돌아가실 것 같아!"

정희는 아무런 대답도 하지 않았다.

오빠는 늘 제멋대로였고 억지를 부렸다. 오늘 새벽에도 술 냄새를 풍기며 들어와, "유명한 기획사 오디션 볼 건데 거기 연습생 되면 이 년 안에 데뷔할 자신 있어!" 하더니 결국은 돈을 달라고 엄마를 들볶았다. 몇 달치 생활비로 쓸 액수였다. 아침 일찍 공장에서 뗀 두부나 청국장, 오징어채 같은 반찬거리를 트럭에 싣고 멀리까지 골목 장사를 다니는 엄마에게 그런 돈이 있을 리 없었다.

정희가 차린 밥상을 싹싹 비우고, 화장실에서 오랜 시간을 보내고 나온 오빠는 벌써 십 분째 마루에 세워 둔 전신거울을 들여다보고 있다. 이리저리 각도를 달리하며 얼굴을 들이밀고, 깃을 세웠다 내렸다, 윗옷 단추를 잠갔다 풀었다 했다.

"히히, 죽이지 않냐? 이 턱선! 콧날! 눈빛!"

어느 정도는 맞는 말이었다. 어떤 하이틴 잡지에 '명동에서 만난 미소년 J'로 등장하기도 했고, 완소미소년 얼짱 카페에 '우이동 얼짱 J'라고 소개된 적도 있으니까. 하지만 그것은 작년 가을, 공고 1학년을 자퇴한 오빠가 제빵학원을 다닐 때 얘기였다. 기획사에서 한번 만나자는 연락이 왔다는 말을 백 퍼센트 믿어 준다 해도 그게 전부이자 끝이었다.

정희는 싱크대에 서서 설거지가 아직 덜 끝난 것처럼 행주를 만지작거리며 발가락을 꼼지락댔다. 제발, 오빠가 그냥, 빨리, 나가게 해주세요! 하는 마음으로. 하지만 오빠는,

"있잖아, 돈 있으면 좀 빌려 주라! 진짜루 알바비 나오면 일착으로 줄게."

라고 말했다. 정희는 오빠의 말이 떨어지기가 무섭게 방으로 뛰어갔다. 수학 문제집 사이에서 구깃구깃한, 흠집 많은 만 원권 지폐 스물넉 장을 꺼냈다. 엄마가 준 겨울방학 학원 특강비였다. 그 방법밖에 없다고 생각했다.

"나는 성격파 배우가 될 거야! 일단 광고모델로 시작해야겠어! 아니지, 가수를 먼저 해볼까?"

오빠는 일 년 전부터, 그중 무엇이든 골라잡으면 된다는 듯 "네 생각은 어때? 어떤 게 젤 빠를까?" 묻곤 했다. 딱히 대답을 바라는 질문은 아니었다. 그러고는, 아무래도 모델이 빠르겠지? J랑 S 다 CF로 떴잖아! 하고 스스로 결론을 내리고, 전신거울 앞에서 J의 청바지 광고를 흉내 냈다. 그러던 오빠가 지금 어떤 아르바이트를 하는지, 외박할 때 어디서 자는지, 어떤 연기학원이나 모델학원에 다니는지 알 길이 없었다. 하지만 언제나 돈이 필요하단 건 알았다.

언젠가도 일주일 만에 들어와서 엄마한테 대뜸 돈 얘기부터 했다. 엄마는, "제발, 철 좀 들어라! 지금까지 네가 가져간 돈이 얼만 줄 아니? 몇십 만원씩 들여서 프로필 사진을 다시 찍어? 프로필 사진 때문에 오디션에 떨어져? 지나가는 소가 웃겠다! 검정고시 학원이라면 몰라도,

이제 너한테 줄 돈, 내 주머니에 천 원 한 장, 아니 십 원짜리 한 개도 없다!" 하고는 집 밖으로 나가 버렸다.

"쳇, 검정고시 학원! 누가 그딴 데 다닌대? 나 금방 뜰 수 있다고! 남들은 돈다발 싸가지고 다니면서 뒷바라지해 준다는데, 그것도 못 줘? 그만큼도 안 해줘? 왜 안 해줘!"

오빠는 분에 겨워 엄마 뒤통수에 대고 바락바락 소리를 지르다 급기야 정희를 닦달했다.

"너, 돈 가진 거 없어? 나중에 내가 다 갚을게, 응?"

시작은 애가 타는 눈빛으로 했고,

"만약에, 뒤져서 나오면 가만 안 둬!"

끝에는 정희의 멱살을 잡아 질질 끌고 다녔다.

그 뒤로 정희는 돈이 없다면 모를까, 있을 때는 어떤 돈이든 순순히 내놓았다. 얼른 돈을 줘서 내보내야 했다. 안 그러면 또 어떻게 변할지 모르니까.

오빠는 정희가 내민 봉투를 날름 잡아채 가더니 무슨 이유에서인지 나가지 않고 뜸을 들였다. 그러더니 수줍은 듯,

"근데 이거, 나 다 주면 안 되잖아? 여기, 이거……."

지폐 몇 장을 현관 신발장 위에 얌전히 올려놓았다.

다음 날 교실에서는 눈물을 보인 채 일 분 만에 화면에서 사라진 까망을 두고 의견이 분분했다. A가 모두를 향해 가소롭다는 듯 한마디 했다.

"너희들, 모르니? 그게 바로 노이즈 마케팅이라는 거야. 방송 열 시간

만에 까망이 검색어 1위를 했거든. 성공한 거지!"

정희도 어제, 집에 인터넷만 된다면 검색창에 '까망'을 쳐 보고 싶었다. A는 이미 까망의 프로필도 알고 있었다. LA 교포 출신으로 현지에서 밴드 활동. 부동산 재벌의 외손녀. 연두와는 집안끼리 잘 아는 사이. 육 개월 전에 이모와 함께 귀국.

A가 읊어 댄 까망의 프로필을 입 속으로 굴려 볼 때마다 달디 단 침이 고였고, 어제 보았던 까망의 눈물이 떠올라 정희는 머릿속이 아득해졌다.

"그런데 왜 운 거야? 솔직히 울 것까진 없잖아. 오버스럽게……."

누군가 물었을 때 정희의 몸이 그 목소리를 따라 기울어졌다.

"그걸 질문이라고 하니? 너처럼 왜 울었을까, 궁금해하라고 그런 거지. 노이즈 마케팅이라고 했잖아! 솔직히 아무나 그렇게 예쁘게 울 수 있니?"

까망의 눈물. 그건 그냥 예쁘다고 말해 갖곤 안 되는 건데……. '예쁘다'로는 한참 부족한데……. 정희는 어쩐지 A가 질투를 하는 것처럼 느껴졌다.

"하긴. 그런 것도 소속사에서 시킬까?"

"그야, 뭐……. 어쨌든, 첫 방인데 오죽 신경 썼을라고!"

A가 평소 같지 않게 떨떠름한 목소리로 대답했다. 어쩌면 A는 자신의 '톰보이' 예측이 빗나가서 화가 난 건지도 모른다. 아니면 까망이 연두보다 매력적이어서 기분이 나쁠지도 모르고. 정희는 왠지 웃음이 나왔다.

✱

겨울방학이 시작되고부터 정희는 아침 일찍, 근처 도서관으로 갔다. 집에 있었다가는 엄마가 불쑥 집으로 전화를 걸어 "너 학원 안 가고 뭐해?" 할 것만 같았다. 엄마를 놀라게 하고 싶지 않았다. 요즘 엄마는 부쩍 수척해졌다. 장사가 영 신통치 않다며 기름 값도 안 나오는 장사, 이제 그만 접어야 할 것 같다고 했다. 정희는 '또 트럭이 말썽이구나!'라고만 생각했다. 고장이 잦아진 일이 년 전부터 그런 말을 종종 했으니까. 이번에는 정말 그만둘 작정인 듯도 했다.

며칠을 망설이던 엄마는 일주일 전부터 동네 공터에 트럭을 세워 놓고 오산 아줌마를 따라다녔다. 엄마와 고향 친구인 오산 아줌마도 트럭 장사를 했다. 산지 비닐하우스를 돌며 채소를 떼어 와 시내 아파트 알뜰장을 돌았다.

전보다 더 일찍 나가 더 늦게 들어오게 된 엄마는 잠을 설치기 시작했다. 정희 옆에 누워 한숨을 푹푹 내쉬며 뒤척였다. 평소에 엄마는 눕자마자 드르렁, 코를 골았다. 그런데 요즘은 자다가도 일어나 현관문을 열어 놓고, 마루에 앉아 먼산바라기를 했다.

사실, 오빠가 이번처럼 보름이 넘도록 안 들어온 적은 없었다. 연말에 숨바꼭질하듯 몰래 들어와 옷가지를 챙겨간 뒤로는 감감무소식이었다. 휴대폰으로 전화를 해도 받지 않았다. 수신 일지정지 상태였다.

"어디서 잘 처먹고 노닥거리고 있을 테니까, 걱정 마라!"

걱정이 먹구름처럼 잔뜩 낀 얼굴로 엄마가 그럴 때마다 정희는 조금 놀랐다. 오빠가 걱정되지 않아서다. '어디선가 정말 잘 지내고 있지 않을까.' 문득문득 생각할 뿐.

정희는 도서관이 맘에 들었다. 외풍이 심한 집과 달리 따뜻했고, 서가를 돌며 책을 뒤적이든 문제집을 펴놓고 잠을 자든 아무도 자신을 신경쓰지 않았다. 무엇보다 멀티미디어실이 있었다. 멀티미디어실 자리에 앉으면 정희는 제일 먼저 포털 검색창에 '까망'을 쳤다. 그즈음 까망을 검색하면, **까망 눈물**, **까망 왼쪽 가슴**, **까망 라이브**, **스모키 화장**, **EBS 어린이 드라마**, **이호예 호빵 CF** 같은 말들이 연관 검색어로 떴다. 그 내력은 이랬다. 새해 첫날 기자 회견장에 스모키 화장(이후로 까망은 늘 이화장법을 고수했다)을 하고 나와 수줍게 웃는 까망의 얼굴과 보도자료를 통해 밝혀진 이력이 화제가 됐다. LA에서 학교를 다녔다, 밴드 활동을 했다, 한국에서 이호예라는 본명으로 아역배우를 한 적이 있다, 호빵 CF를 찍었다……. 기사가 나온 뒤 포털에는 아역배우 시절 까망의 사진과 CF 등이 올라왔고, 그 밑으로 '초절정 사랑스럼, 호예!' '성공적으로 자랐구나, 호예!' 와 같은 댓글이 달리기 시작했다.

결정적인 화젯거리는 공중파 버라이어티 쇼에서 까망이 부른 노래였다. 롤리팝 걸즈 멤버들과 함께 1집 타이틀 곡을 부르고 난 까망이 피아노를 치며 자작곡 「왼쪽 가슴」을 부른 것이다. 그러자 평소 "아이돌 그룹의 가수로서의 한계" 운운하던 한 대중문화 전문기자는 "누구도 예상치 못했던, 연약한 소녀의 매혹적 가창력"이라는 장문의 기사를 썼고, 소속사 홈페이지에는 까망의 자작곡 「왼쪽 가슴」의 디지털 싱글 발매를 요구하는 글이 넘쳤고, 디시인사이드의 롤리팝 걸즈 갤러리에는

'까망의 왼쪽 가슴'이란 제목으로 호빵 CF 속 사진, 리얼리티 쇼에서 눈물 흘리던 장면, 공중파에서의 라이브가 공들여 편집된 동영상이 올라왔다.

사람들이 까망에 열광하자, 정희는 묘한 흥분을 느꼈다. 누군가와 까망에 대해 말하고 싶었다. 까망에 관한 모든 기사와 커뮤니티 게시판 글, 그 밑에 달린 수많은 댓글을 읽었다. (어떤 곳에는 1750개의 댓글이 올라오기도 했다) 그리고 거의 매일 까망이 등장하는 꿈을 꿨다. 정희는 온통 까망 생각뿐이었다. 오빠가 들어오지 않아도 엄마가 잠을 설쳐도 까망을 생각하면 가슴이 뛰었으니까.

그러므로 정희가 '수호천사'에 가입한 것은 오직 까망 때문이었다. 아주 잠깐, 팬카페가 아니라 팬클럽에 가입할까 망설였지만. 팬클럽 가입비나 정기적으로 내야 하는 회비 때문만은 아니었다. 팬클럽의 주된 활동은 오프라인에서 이루어졌다. 정희는 공개방송이나 팬 사인회, 수많은 행사를 쫓아다니는 자신을 상상할 수 없었다. 파파라치처럼 숙소 앞에 진을 치고 종일 따라다니는 '사생'은 더더구나.

팬카페 '수호천사' 운영자가 올려놓은 양식에 맞춰 정회원 신청서를 작성해 올리고 회비를 보낸 지 열흘 만에 정희는 소포 꾸러미를 받았다. 팬카페 운영 방침과 롤리팝 걸즈 이름이 박힌 흰색 풍선, 야광봉, 롤리팝 사탕 하나가 들어 있었다.

소포를 받고 정희는 뿌듯했다. 롤리팝 걸즈, 아니 까망과 하나가 된 기분이었다. 그 덕택일까, 생전 처음 MP3 플레이어도 갖게 됐다. 엄마가, 어차피 갖고 있어 봤자 돈만 잡아먹는 똥차, 싸게 팔아 치웠다며 갖고 싶은 게 있으면 사주겠다고 한 것이다.

정희는 롤리팝 걸즈의 노래를 다운받아 들었다. 가끔은 까망의 자작곡 「왼쪽 가슴」을 큰 소리로 흥얼대기도 했다. 도서관에 가, 팬카페에 올라 있는 까망에 대한 글도 모두 다 읽었다. 틈틈이 A의 닉네임인 연두나라의 팬픽과 연두나라 이름으로 올라온 연두의 생일 모금 공지사항을 비롯한 수많은 게시물도 읽었다. 나도 뭔가 해야 하는데. A의 글을 읽을 때마다 정희는 생각했다. 연두를 위해서라면 뭐든 하는 A가 대단하게 느껴질수록 자신은 초라해지는 기분이었다. A처럼 팬시 그림을 잘 그릴 수만 있다면, 멋진 팬픽을 쓸 수 있다면…… 어느 날 정희는 팬카페에 '까망 언니, 사랑해요!'라고 썼다가 누가 볼까 봐, 얼른 지웠다. 그 짧은 고백은 까망의 인기나 특별함에 비추어 너무도 하찮고 무성의해 보였다.

정희가 까망에 대해 전혀 새로운 사실을 알 게 된 그날. 그날은 정희만큼 엄마도 신경이 곤두서 있었다. 꾸역꾸역 저녁을 먹다가 도저히 못 참겠다는 얼굴로,

"이년아, 오빠가 이 한겨울에 한 달씩 집에 안 들어오는데, 벌써 낼모레가 설인데, 걱정도 안 되냐! TV에 코를 빠뜨리고 있게!"
하며 밥상에 수저를 탕 내려놓았다.

리모컨을 움켜쥐고 앉아 있던 정희는 깜짝 놀랐다. 엄마 때문은 아니

었다. 코를 빠뜨리고 있다던 케이블 TV 연예뉴스 특종 때문이었다.

'아니야! 까망이 아니라고, 비슷하게 생긴 애라고 그랬어. 연두 언니도 그랬잖아. 까망은 절대 그런 적 없다, 분명 그랬어. 롤리팝 걸즈와 수호천사의 명예를 걸고 명명백백 진실을 밝혀야 한다고……. 소속사에서 수사를 의뢰했으니까 시간 문제라고. 분명히 그랬어!'

일주일 전부터 인터넷에 까망의 실체라는 '까망 동영상'이 돌고, 까망이다 아니다, 조작이다 진짜다, 말이 많았지만 팬카페 회원 중 누구도 의심하지 않았다. 금발 가발에 짙은 화장을 하고, 가슴을 풀어헤친 채 눈이 풀려 흐느적거리는 동영상의 주인공이 까망이라고는. 오히려, 조를 짜 까망을 의심하는 사람들 게시글을 찾아 공격하며 하루 빨리 수사가 끝나기만 기다렸다.

그런데 지금 연예뉴스 리포터는 긴급 입수한 경찰의 보도자료를 들먹이며 이모 씨가 인터넷에 유포시킨 동영상 속의 소녀가 까망, 롤리팝 걸즈의 멤버 이호예로 밝혀졌다고 말하고 있었다.

'까망이라고? 까망이 LA에서 마약파티에 다녔다고? 거짓말이야. 믿을 수 없어!'

정희는 리모컨을 거칠게 바닥에 집어던지고 벌떡 일어났다.

"어휴, 저거 하는 짓 좀 봐! 엄마가 뭐 못할 소리라도 했냐? 아무리 집에 들어오는 걸 무슨 유세 떨듯 하는 놈이라도 명색이 오빤데, 걱정하는 시늉이라도 해야 할 것 아냐!"

엄마가 그늘진 얼굴로 밥상을 걷으며 말했다. 정희는 아랑곳하지 않고 방으로 들어가 지갑을 챙기고 두꺼운 파카를 입었다.

"오밤중에 어디 가? 지금 이 시간에 나가서 뭐 해!"

엄마는 정희가 자신이 한 소리에 화가 나서 나가는 줄 알았다. 그러나 정희는 엄마 얘기를 하나도 듣고 있지 않았다.

정희가 급히 뛰어간 곳은 동네 사거리 PC방이었다.

그 시각, 롤리팝 걸즈 소속사 홈페이지와 팬카페, 수호천사에는 접속자가 폭주했다. 소속사도 당황하고 있었다. 까망이 의혹을 강하게 부인해 경찰에 수사를 의뢰한 것이었으니까.

몇 번의 접속 실패 끝에 팬카페에 들어간 정희는 다시 한 번 얼어붙었다. 운영자 이름으로 새 공지사항이 올라와 있었다.

소속사에서 까망과 면담 후 내일 중으로 입장을 정리하여 기자회견을 하겠다고 전해 왔습니다. 회원 여러분께서는 당황하지 말고 기다려 주십시오. 우리는 까망을 믿어야 합니다.

그 밑으로 수없이 달린, 믿어요, 믿을 거예요, 믿음이 필요해요, 라는 댓글. 그것은 마치 '사실이었구나!'라는 독백처럼 들렸다. 정희는 두려웠다. 믿고 싶다는 건 이미 믿지 않는다는 말이 아닌가.

다음 날 아침 정희는 마음이 급했다. 그런데 엄마는 계속 잔소리를 했다. 다음 주에 개학이라면서 숙제는 다 했냐? 나는 오늘부터 설 대목 장사 시작이라 지방 장을 돌기로 했다. 내일모레나 집에 들를 것 같다. 행여나 오빠한테 연락 올지 모르니 학원 끝나면 바로 집에 들어와라. 몇 번이고 되풀이되는 엄마의 당부에 정희는 건성으로 고개를 끄덕였다.

그래도 미심쩍다는 듯 "알아들었어?" 하고 묻던 엄마가 나가자 득달같이 PC방으로 달려갔다. 정희는 밤새 악몽에 시달렸었다. 동영상 속의 얼굴이 까망으로 보였다. 시커멓게 변색된 치아를 드러내고 까망은 웃고 있었다.

정희가 이상할 정도로 조용한 팬카페를 들락거리는 사이, 포털에 연두를 앞세운 소속사의 기자회견 동영상 뉴스가 떴다. 연두는 울먹이며 말했다.

"까망을 믿……었어요. 사실 집안끼리 잘 아는 사이도 아니었어요. 하지만, 하지만요, 까망도 저랑 비슷하게 외국에서 살다가 한국에 돌아왔잖아요. 전 그냥, 힘이…… 힘이 돼 주고 싶었어요. 그런데…… 저도 무서워요. 죄송해요. 흐윽, 용서해 주세요."

연두는 끝내 울음을 터뜨렸다. 곁에서 연두를 진정시키던 소속사 대표는 심각한 얼굴로 깊이 고개를 숙였다.

"유구무언입니다. 롤리팝 걸즈를 아껴 주신 팬 여러분께 백배 사죄드립니다."

그 뉴스에 댓글이 폭주했다. 욕설이 섞인 원색적인 비난부터 소속사의 허술한 검증, '누구누구는 이랬다'는 식의 유명 아이돌 스타의 철없는 과거 행적을 들먹이는 글까지. 아주 드물게 전혀 다른 의견도 있었다. 외국 팝스타의 사례를 들면서 까망의 과거 행적과 가수로서의 능력은 따로 논의돼야 한다고 주장하거나 아이돌 스타의 이미지를 상품화하기에 급급한 기획사의 행태를 비판하는. 어떤 사람은 십대 팬덤 현상에 대한 사회문화적 접근이 필요하다고, 팬덤과 청소년 문제의 연관성을 운운했다. 그러나 그들은 여지없이 공격의 대상이 됐다. 그래서 지금 마약한 게 잘했다는 거냐? 애들 보고 뭘 보고 배우라는 거냐! 노래만 잘 하면 뭐든 용서된다는 거냐? 기획사 잘못이라면 몰라도 상처받은 어린 팬들은 왜 들먹여! 걔가 마약하고 나와서 잡아뗀 게 팬 때문이야?

정희는 이제 그만 봐야지, 이제 그만, 하면서도 끊임없이 마우스를 움직였다. 정희는 그 무엇도 믿고 싶지 않았다. 까망은 그래서는 안 된다. 그러니까, 어딘가에 이 모든 게 사실이 아니라는 증거가 있을지도 모른다. 하나만, 하나만 더! 그러나 어디에도 정희가 바라는 글은 없었다. 그렇게 정희는 오랜 시간 포털을 돌아다녔고, 한참 뒤에야 팬카페에 올라온 까망의 글을 읽었다.

까망의 글은 '얘들아, 안녕! 나 이호예야……'라고 시작했다.

마약파티! 쓰니까 참 야하게 들린다. 맞아. 나 그런 데 다녔어. 왜 그랬는지 변명 안 할래. 용서해 달라고, 봐달라고 안 할래. 그런데, 나 그러고 다니는 게 좋지는 않았어. 거울을 보면 깨 버리고 싶었어. 거울 속의 내가 미치도록 싫었거든. 아침에 눈을 뜨면 왼쪽 가슴에 손을 대 봤어. 아직도 살아 있잖아! 죽어 버릴까……. 그러다 재활센터에 갔어. 6개월 동안 있었는데, 그때 「왼쪽 가슴」을 만들었어. 죽도록 그 노랠 불렀지. 아, 그때 얘기 더 이상 하고 싶지 않다……. 여하튼, 끊었어. 이제 그거 안 해!

설마, 너희들 아직도 내가 부동산 재벌의 외손녀라고 생각하는 건 아니지? 밴드 활동 한 것만 빼면 다 거짓말이야. 왜 속였냐고? 글쎄, 만일 너희가 흑인 거주 지역 세탁소집 딸이라면, 교도소에 들락거리는 갱단 떨거지 오빠가 있다면, 뭐라고 말했을 것 같아? 사실대로 말했으면 너희가 나 좋아했을까? 흐흐, 관두자! 다 끝난 얘기 해서 뭐 하니.

그런데 연두라는 애가 어젯밤에 그러더라. 어쩜 그렇게 끔찍하게 거짓말을 잘하냐고, 자기는 상상도 할 수 없다고. 그래서 내가 그랬어. 너는 정말 나에 대해 알고 싶기나 했니? 그랬더니 걔가 거품 물고 덤비더라. 그 다음? 좀 싸웠어. 걔 보기보다 와일드하던걸. 킥 솜씨가 보통은 넘더라고, 후후.

그런데 있잖아…… 이 말만은 꼭 하고 싶은데. 웃지 마!

나 정말 가수가 되고 싶었다. 노래로 인정받고 싶었다.

아, 내가 말해 놓고도 웃긴다! 그래, 같이 웃자! 으하하하하 호호호호. 다 웃었니? 난 다 웃었어.

그럼 마지막인데, 더 웃기는 얘기 해줄까? 그날 말이야, 그 리얼리티 쇼 카메라가 처음으로 나한테 다가오는데 미친 듯이 왼쪽 가슴이 뛰는 거야! 그래서 병신처럼 울었잖아. 미치게 기쁘더라고. 내 왼쪽 가슴이 뛴다는 게. 살아 있다는 게.

후후. 있잖아 애들아! 까망은 다 잊어도 좋은데, 욕하고 뭉개 버려도 좋은데, 내 노래만은 기억해 줄래? 어쩌다 한 번쯤 불러 줄래? 그러면 나 다신 울지 않을 것 같거든. 후후.

정희는 입술을 깨물며 까망의 글을 몇 번이고 되풀이해 읽었다. 그때마다 몸이 떨렸다. 정희는 핏기 하나 없는 얼굴로 신음 소리를 내며 모니터 앞에 무너지듯 엎드렸다. 통로를 지나가던 PC방 아르바이트생이

"얘, 어디 아파?" 할 때까지 움직일 수가 없었다. 정희는 자신을 내려다 보는 아르바이트생을 향해 희미하게 고개를 흔들어 보이고는 다시 엎 드렸다.

한참 만에 일어나 정희가 다시 까망의 글을 읽었을 때, 까망의 글에 댓글과 답글이 줄줄이 붙어 있었다. 정희는 그중에 '마약쟁이 까망 보 아라' 하는 답글을 클릭했다. A가 쓴 것이었다.

너 진짜 웃긴다! 웃겨 죽는 줄 알았어. 아예 그쪽으로 나가지 그러니? 흥, 우리더러 니 노래를 기억해 달라고? 한 번쯤 불러 달라고? 기가 차서. 너 지금 이 상황에서 그런 말이 술술 나오니? 거짓말로라도 잘못했다고 빌어야 하는 거 아니니? 너 거짓말 잘하잖아. 그리고 그렇게 노래로 인정 받고 싶으셨음 인디밴드라도 만들어서 활동하지 그러셨어? 그렇게 노래 에 대한 고고한 열정이 넘치는 애가 웬 아이돌 그룹에 끼셨을까? 이 쓰레 기야, 한 번이라도 솔직해져 봐! 이제 와서 웬 가수 타령? 그러면 누가 동 정표라도 준다든?

이제 그거 안 한다고? 그래서 참 장하다, 이제 안 해서! 고맙습니다, 개 과천선하셨군요! 짝짝짝 박수라도 치길 바라? 아니면, 어머나 그렇게 불 쌍하게 자라셨군요, 어쩌면 좋아요, 하길 바라? 오로지, 니 머릿속엔 동정 을 구걸할 생각밖에 없는 모양이지? 진짜, 우웩이다!

좋아, 동정을 원한다면 너 같은 애 동정해 줄 수도 있어. 롤리팝 걸즈에 들어올 생각만 안 했다면 그래 줄 수도 있어. 그런 애들 노는 데서 노는 거 야 누가 뭐래? 그런데 왜 롤리팝 걸즈야! 왜 우리 연두 언니야! 왜! 왜! 솔직히 말해 봐! 너, 롤리팝 걸즈 망쳐 논 걸로는 부족하지? 들킨 게 억울하지? 그래서 연두 언니 물고 늘어지는 거지? 정말 너란 쓰레기, 소름이 쫙 쫙 끼친다. 널 위해서 거짓말까지 했던 우리 착한 연두가 불쌍해서 미치겠다. 억울해서 돌아 버리겠다. 오늘 니가 연두 언니한테 한 짓, 연두 언니는 용서할지 몰라도 난 절대 용서 못하거든! 그니까 꺼져! 그 더러운 입 닥치고 빨랑 꺼져! 엘에이이이가 아니라, 지옥으로 꺼져! 만약에 니가 니 발로 안 가겠다면 내가 보내 줄 거니까!

정희는 A의 표정과 말투가 생생하게 떠올라 온몸에 소름이 돋았다. 지옥으로 꺼져! 정희는 A의 목소리에 떠밀리듯 자리에서 일어났다. 휘청. 금방이라도 구역질이 치솟을 것처럼 속이 메슥거리고 어지러웠다. 정희는 손으로 입을 가리고 PC방을 나와 복도 끝 화장실로 갔다. 구역질과 함께 정희의 입에서 튀어나온 노르스름한 액체가 세면대에 떨어졌다. 그때까지 아무것도 먹지 않았던 것이다.

오빠는 프라이팬 가득, 흰자와 노른자가 엉겨 붙은 계란 프라이를 젓가락으로 질질 흘리며 집어먹고 있었다. 어딘지 들떠 있었다. 창백한 얼굴로 흘깃 한번 쳐다보고 방으로 들어가는 정희를 향해 "야, 이거 되게 맛있다! 너도 먹을래? 오빠가 해줄까?"라고까지 했다.

정희는 겉옷도 벗지 않고 그대로 방바닥에 누웠다. 그러자 닫힌 방문

너머로, 사뭇 다정한 오빠의 목소리가 건너왔다.

"야, 너 어디 아파? 이제 겨울방학 끝났지? 개학이 언제야?"

정희는 더 꼭 눈을 감았다. 머릿속에서는 까망과 A의 말이 한없이 헝클어졌다. 너는 정말 나에 대해 알고 싶기나 했니? 가수가 되고 싶었어. 내 노래 기억해 줄래? 넌 쓰레기야. 용서할 수 없어! 동정을 구걸하니? 그 더러운 입 닥치고 꺼져! 지옥으로 꺼져! 지옥으로 꺼져!

얼마쯤 지났을까, 오빠가 방문을 열고 들어와 선잠이 든 정희의 어깨를 잡고 흔들었다.

"엄마 대체 언제 들어오냐? 벌써 아홉 신데!"

정희가 깊이 잠든 척, 돌아누웠지만 오빠는 계속 깨웠다. 결국 정희는 눈을 감은 채, 안 들어온다고, 모레쯤 오실 거라고 잠결인 양 대답했다. 그러자 오빠가 기겁을 했다.

"아, 씨! 진짜야? 왜? 왜 안 들어오는데?"

"오산 아줌마랑 지방 장사 가셨어."

"뭐라고? 일어나서 쫌, 알아듣게 말해! 누구랑 어디, 어딜 가?"

오빠는 점점 흥분하고 있었다. 정희는 일어나 앉으며 대답했다.

"엄마 이제 오산 아줌마 따라다니셔……."

"뻥 까지 마! 들어올 때 보니까 엄마 트럭 없던데!"

오빠가 정희의 어깨를 거칠게 툭 쳤다.

"팔았어, 트럭."

"……"

오빠는 말을 잇지 못했다. 몇 번이나 휴대폰 폴더를 열었다 닫았다 해 가며,

"젠장! 하필 오늘이야! 아, 씨! 어떡하지!"

안절부절못하고 방안을 서성거렸다. 그러다 엄마 화장대 앞에서 갑자기 무언가 생각난 사람처럼 얼굴이 굳어졌다.

정희는 라면을 끓이라며 방에서 자신을 내쫓은 오빠가 지금 무엇을 하는지 알 것 같았다. '트럭 판 돈'을 찾고 있을 것이다. 얼마나 남았는지 몰라도, 엄마가 장롱 위 빈 화장품 갑에 신문지로 둘둘 말아 넣어 둔 그것을 찾아낼 것이다. 엄마와 정희가 함께 쓰는 그 방에 있는 것이라곤 한쪽짜리 장롱, 이불을 얹어 놓은 서랍장, 앉은뱅이 화장대, 정희 책상이 전부니까.

얼굴이 상기된 채 방에서 나온 오빠는 정희가 차려 놓은 상을 번쩍 들더니, TV 앞으로 갔다. 채널을 이리저리 돌리다, 싱크대 앞에 서 있는 정희를 힐끔 쳐다보고 쥐어박듯이 말했다. 뭘 봐!

채널은 하루에 몇 번씩 똑같은 연예뉴스를 내보내는 곳에 멈춰 있었다. 월드스타 Y의 동향과 영화배우 U의 입대 소식이 나왔다. 오빠는 자기가 할 수 있는 일이 오직 라면을 먹는 일이라는 듯, 후루룩 쩝쩝 요란한 소리를 내며 냄비에 코를 박았다. 그러다,

"어라, 어! 히야! 완전 X군단이네!"

반색을 하며 볼륨을 있는 대로 높였다.

TV 속 리포터는 음량 23의 목소리로, 자신이 서 있는 곳이 "간혹 빗

발이 비치는 롤리팝 걸즈 숙소 앞"이라고 했다. 롤리팝 걸즈의 팬들 중 일부가 까망의 제명을 요구하며 침묵시위를 벌이는 현장이라고 했다.

"뭐야! 그러니까 쟤들 지금 까망이란 애 엿 먹이겠다고 저러는 거야? 오우 예에!"

오빠는 조금 전까지의 일은 다 잊은 듯, 재미있어 죽겠다는 표정이었다. 카메라가 '현장'이라는 곳을 비추자, X자가 그려진 마스크를 쓴 소녀들이 '우리는 오늘, 당장 까망의 제명을 원한다!' '롤리팝 걸즈는 영원하다!' '까망 닥치고 꺼져!' '울지 마요, 연두 언니!' '연두 언니, 사랑해요!'라고 쓴 피켓을 들고 바닥에 앉아 있는 것이 보였다.

'저건…… A!'

카메라가 빠르게 훑듯이 지나갔지만 정희는 단박에 A를 알아봤다. '엘에이이이가 아니라, 지옥으로!'라는 피켓이 있었다. 정희는 다리가 후들거리고 가슴이 턱 막혔다. 모든 게 끔찍했다. 그런데 오빠는 신이 나서 호들갑을 떨어 댔다.

"오, 까망! 마약이라고? 짱 센데! 알고 보니 완전 갱생소녀였잖아! 흐, 그러게. 1등급 노는 물에 10등급이 낄라 하면 안 돼지. 엘에이이이이가 아니라 지옥으로! 멘트 짱이다. 흐흐흐."

"오빠, 대체 왜 그래?"

오빠는, '지금 애가 나한테 뭐라고 한 거 맞지?' 믿을 수 없다는 표정으로 정희를 쳐다봤다.

"뭐? 뭐라고! 너 지금 나한테 뭐라고 했어?"

"오빠, 도대체 왜 그러냐고?"

"왜? 왜!"

정희 얼굴을 빤히 쳐다보던 오빠가 상을 걷어찼다.

"그러니까 지금, 니 말은 나도 쟤처럼 놀았다, 같은 10등급짜리면서 왜 그러냐, 그거야?"

상 위에 라면 냄비가 엎어지고 젓가락이 방바닥에 떨어졌다. 하지만 정희는 꼼짝 않고 서서 오빠를 노려보았다. 그러자 오빠는 어찌할 바를 몰라 허둥대기 시작했다. 애꿎은 리모컨을 걷어차고, 씩씩대다 횡설수설 엉뚱한 소리를 했다.

"야, 니가 아직 뭘 몰라서 그러는데, 남자랑 여자랑은 다르거든. 남자는 그냥 쫌 놀았나부다 한다고. 그리고 쟤, 마약이잖아! 울 나라에서 마약은 쥐약이거덩. 그리고 아, 그게, 그러니까, 쟤랑 나랑은 경우가 달라. 난 마약 같은 건 안 해! 게다가 쟨 여자잖아…… 암튼, 그게 다 컨셉 잡기 나름이라니까. 운만 좋으면 다 통해. Y나 U 같은 애들도 나처럼 완전 궁상맞은 집안에, 놀던 애들이라니까. 그런데 지금 잘나가잖아. 나도 돈 왕창 벌면 너한테 잘할게……"

정희는 더는 오빠의 말을 듣고 싶지 않았다.

"제발, 그만 해! 지금 누가 그런 얘기 듣고 싶대!"

그리고 정희의 입에 갇혀 있던 말들이 무너진 둑처럼 한꺼번에 쏟아져나왔다.

"오빠 지금 그런 소리가 나와? 저게 그렇게 재밌어? 신나? 지옥으로 꺼지라는데, 좋아? 도대체 오빠가 까망에 대해 뭘 알아! 까망이 10등급이라고 누가 그래? 까망 노래 들어 봤어? 아무것도 모르면서 왜 그렇게 함부로 아무렇게나 말하는 거야! 그러는 오빠는 몇 등급이야? 금방 뜰 거라면서 오빠가 되는 게 뭐야? 노래? 연기? 뭐? 뭐! 대체 뭘 믿고 금방 뜬다는 거야? 아, 운! 아, 그거! 운! 운!"

정희는 반쯤 입을 벌리고, 둔기로 얻어맞은 표정으로 서 있는 오빠를 향해, 악을 쓰다 털썩 주저앉았다.

정희의 악다구니가 끝나자, 오빠는 잔뜩 인상을 쓰며 슬리퍼를 끌고 나갔다. 계단을 내려가는 오빠의 슬리퍼 소리가 사라진 뒤에도 정희는 한참 동안 싱크대 앞에 주저앉아 있었다. 누군가 자신을 비웃고 있는 것 같았다. 웃긴다, 너! 너 까망 얼굴 보고, 배경 보고 공주처럼 떠받든 거잖아. 노래가 좋아서 그런 거 아니잖아. 아니야? 그런 니가 왜 오빠한테 난리야? 혹시 알아? 니 오빠 말대로 오빠도 운 좋으면 통할지! 안 그래?

정희는 그 목소리를 피해 도망치듯 베란다로 나가, 창문을 열었다. 차갑고 습한 바람이 얼굴에 확 끼쳤다. 멀리 별도 없는 밤하늘에 까망의 얼굴이 그려졌다. 그리고 그날처럼 까망의 눈에서 눈물이 굴러 떨어졌다. 그러자 어디선가, 너는 나에 대해 알고 싶기나 했니? 까망의 목소리가 들려왔다. 까망은 지금 어디 있을까? A가 든 피켓을 보았을까? 정희는 가만히 왼쪽 가슴에 손을 대 보았다. 뛰고 있었다. 정희는 왠지 핑그르르 눈물이 돌았다. 까망의 노래가 듣고 싶었다. 아니, 까망에게 노래를 불러 주고 싶었다. 정희는 까망의 「왼쪽 가슴」을 부르기 시작했다. 정희의 목소리에는 점점 울음이 섞여 들었고, 밤하늘엔 어느새 진눈깨비가 흩날리고 있었다.

자전거 말고
바이크

1 니은과 비읍은 중학교 2학년으로, 학교는 달라도 같은 교회 학생부다. 마침 그날은 공휴일이라 낮에 인사동에서 만나기로 했다. 1학기 중간고사가 열흘 앞으로 다가왔고, 인사동을 거쳐 정독 도서관에 가기로 한 것이다. 가나아트센터 입구에서 만난 니은과 비읍은 쌈지길에 들어가 1층부터 찬찬히 구경하고, 노점에서 눈깔사탕을 사먹고, 침을 발라 뽑기를 하고, 냉차를 마셨다.

인사동에서 꽤 오랜 시간을 보낸 터라, 정작 도서관에 도착했을 때는 나란히 앉을 수 있는 자리가 없었다. 둘은 각각 제1열람실과 제3열람실에 자리를 잡았다. 그래 놓고는 휴게실, 복도, 정기간행물실을 오가며 같이 있다가, 매점에서 저녁을 먹고 '잠깐 쉬자'며 벤치로 나왔다.

때는 바야흐로 벚꽃이 흩날리는 봄밤이었다. 대기는 달짝지근한 기운을 내뿜고, 벤치를 둘러싼 사방은 잠잠히 술렁거렸다. 덕분에 니은과 비읍은 사방에서 들려오는 쪽! 쪽! 소리에 신경을 곤두세웠다. 그러나 그 소리에 대해서는 일언방구 아니, 일언반구도 하지 않았다. 한쪽은 새침하게 또 한쪽은 벌벌 떨며 침묵을 지켰다. 도서관에서 붙어 있을 때와는 사뭇 다른 느낌이었다. 니은은 벤치 모서리에 엉덩이를 반쯤만 대고 앉아 발끝을 까딱대며 키위맛 사탕을 잔뜩 힘을 줘 빨아 댔고, 비읍은 주머니에 한쪽 손을 찔러 넣은 채 큼큼, 헛기침만 해댔다. 1분, 2분, 3분……자그마치 10분 동안.

침묵을 깬 건 니은이었다.

"덥다!"

전혀 덥지 않았으므로 당연히 어색했다. 그럼에도 비읍은

"어, 무지 덥다!" 했다.

다시 둘 사이에 말이 끊겼다.

비읍은 헛기침을 할 때부터 입술이 바싹바싹 타고 있었다. 어서 주머니 속에 있는 MP3 이어폰을 꺼내, 한쪽은 니은 귀에 다른 한쪽은 자기 귀에 꽂고 싶었다. 자기도 모르게 혀를 내밀어 연방 입술을 축였다. 비읍은 침착하게 ㅁ의 충고를 떠올렸다. 뜬금없이 "자전거 말고 바이크!"를 외치던 ㅁ의 목소리가 쟁쟁하게 살아났다.

이런. 아직은 아니야!

비읍은 절레절레 머리를 흔들었다.

ㅁ은 이렇게 말했었다.

"너바나의 Smells Like Teen Spirit! 제목부터 반항적이잖아. 청춘의 전설 커트 코베인! 질풍노도의 기타 노이즈! 카약, 죽인다! 너, 저번에 봤지? 교회 수련회 때 내가 음악 얘기 하니까 여자애들이 존경스러운 눈으로 쳐다보는 거. 니은도 아마 속으로 감탄했을걸. 겉으로야 아닌 척 인상 썼지만."

비읍은 수련회 때의 ㅁ 얘기를 하나도 알아듣지 못했다. 그래서 니

은의 눈치만 봤었다.

　"그러니까 내가 하라는 대로만 해. 한 곡을 반복 모드로 같이 들어. 바짝 붙어 앉아서. 서너 번쯤 들은 다음에, 좔좔 썰을 풀어 주는 거야. 니은이 질문하면 척척 대답하는 거지. 그리고 한참 있다가 지나가는 말처럼, '미안해. 네가 유치하다고 싫어할 줄 아는데, 그냥 못 지나가겠더라. 오늘 우리 투투데이잖아. 택배로 선물 보냈어.' 하는 거야. 으흐흐. 단박에 감동 먹을걸. 원래 여자애들은 유치하다고 욕하다가도 자기한테만 유치한 짓 해주면 엄청 좋아하거든. 그리고 그때가 바로 절호의 찬스야, 진도 나가는 거지. 자자, 상상력을 발휘해 보란 말이야! 아마 주변에서 탐구하는 소리 엄청 들릴 거다. 거기가 키스 탐구 커플들의 명소거든. 알았지, 자전거 말고 바이크!"

　ㅁ의 '자전거 말고 바이크'는 일종의 후렴구였다. 여자친구와의 관계에서 강한 의지와 추진력을 표현할 때마다 덧붙여지는. 물론 실제로도 ㅁ은 자전거가 아닌 바이크를 타고 싶어 하기는 했다. 어려서 위험하다는 부모의 반대로 아직 꿈으로만 간직해야 했지만.

2　니은은 비읍이 오늘 만나자고 했을 때부터 살짝 기대를 했고, 설렘은 벤치에 앉아서 뭔가 머뭇거리는 동안에 최고조에 이르렀다가, 열 시간 같은 십 분이 지나고부터는 감정이 폭발하며 기분이 급강하했다.

오늘이 투투데이라는 걸 니은도 알고 있었다. 비읍에게 **나랑 사귈래?** 문자를 보내고, 하루 지나서 **어, 고마워! 오해는 마;; 문자 지금 봤어;;** 하고 답장이 왔을 때, 문자 보낸 날을 기준으로 할지 답장 받은 날을 기준으로 할지 망설이다가 자신이 문자 보낸 날에 동그라미를 쳐 두었던 것이다.

니은은 비읍에게 '투투데이 기념 절대 사절'이라고 말한 것도 기억했다. 그건 ㅇ 때문이었다. 지난주에 ㅇ은 자기 투투데이라고 사방팔방 떠벌리고 다녔다. 220원! 2,200원! 빼앗듯 기금을 모으고, 친구들까지 불러 노래방에서 기념파티를 했다. 매직으로 22라고 쓴 고깔모자를 쓰고 남자친구랑 사진도 찍었다. 그러고는 이대 앞 콘돔매니아란 가게에 가자고 했다. 거기서 팬시 콘돔을 샀다. 자기 커플만의 '짱 특이한' 투투데이 기념품이라나. ㅇ은 니은한테도 하나 건넸다. 니은은 그래서 그날 밤 늦게, 버디에서 접속한 비읍에게 그런 말을 했던 것이다. ㅇ처럼 유치하게, 정신없이 놀고 싶지 않아서. 그래 놓고는 지금 왜 이렇게 기분이 나쁜 건지 니은은 알 수 없었다.

니은은 비읍이 하는 걸 봐서 가벼운 입맞춤, 아니 키스 정도는 할 수 있다고 생각했다. 열다섯 살이니까, 만난 지 22일 된 투투데이고, 서로 좋아하니까. 니은은 선물로 십자수 커플 휴대폰 고리도 준비해 뒀다. 그런데 비읍이 뭉그적대는 걸 보니, 슬그머니 짜증이 났다. 할 거면 하고 말 거면 말 것이지……. 주변에서 들려오는 야릇한 신음 소리, 조심스러운 움직임들 때문에 심사가 뒤틀렸다. 내가 먼저 해버릴까? 에, 그건 좀 이상하잖아……. 왜? 왜! 여자가 먼저 하면 안 돼? 니은은 그렇게 우물

쭈물 망설이는 자기 자신도 맘에 들지 않았다.

"그만 들어가자!"

니은은 벌떡 일어섰고, 재차

"안 들어가? 여기서 뭐 할 건데?"

라고 말했다.

비읍이 보기에 니은은 화가 난 것 같았다. 비읍은 갑자기 더는 머뭇거
릴 수 없는, 절박한 심정이 되었다.

"어? 어! 이거 한번 들어 봐!"

주머니에서 허겁지겁 MP3 플레이어를 꺼내 니은에게 내밀었다.

니은은 마지못해 다시 앉아 이어폰을 꼈고 비읍이 그토록 같이 듣기
원하던 Smells Like Teen Spirit을 들었다. 이어폰을 독점한 채로.

비읍은 잔뜩 긴장해서 니은의 얼굴을 곁눈질했다. 계획대로 되진 않았
지만 그나마 니은이 순순히 자신의 말을 따라 준 것이 다행이다 싶었다.

헬로우 헬로우 헬로우 하우 라우 헬로우 헬로우 헬로우 하우 라우~

이어폰 밖으로 노래가 흘러나왔다. 비읍은 조금씩 고개를 흔들며 따
라 불렀다. 엉덩이를 슬슬 니은 쪽으로 밀어붙이며.

"너 바나 좋아해?"

니은의 질문에 비읍은 고개를 끄덕였다.

"그래? 그럼 이게 무슨 뜻이야?"

처음에 비읍은 니은의 질문을 제대로 알아듣지 못했다. 그래서

"뜻은 무슨. 그냥 들어 보라고."

라고 대답했다.

"가사가 무슨 뜻이냐고!"

니은이 다소 신경질적인 목소리로 또박또박 묻고 난 다음에야 비읍은 그게 무슨 말인지 알고는 적잖이 당황했다. 커트 코베인의 의문사라면, 얼터너티브 록과 시애틀 밴드의 특징이라면, '틴 스피릿'의 제목에 얽힌 일화라면, 얼마든지 대답할 준비가 돼 있었다. 어젯밤 포털 검색창을 죽도록 두드렸으니까. 하지만 가사가 무슨 내용인지는 몰랐다. ㅁ이 해준 충고에 그런 건 없었던 것이다.

"좋아한다며?"

니은의 말에 가시가 돋쳤다. 니은은 교회 수련회 때 ㅁ이 록이니 펑크니 힙합이니 온갖 아는 척을 해대는 게 꼴 보기 싫었었다. 그때 다른 남자애들처럼 허풍을 떨며 한마디 거들지 않고, 자기는 모른다고, 별로 좋아하지 않는다고 말하던 비읍이 한결 맘에 들었었다. 그런데 갑자기 웬 너바나?

"아니. 뭐. 그게, 이런 장르는 직역이 의미가 없거든……."

비읍의 대답에 니은은 입술을 비죽거렸다.

"그럼 뭐가 의미가 있는데?"

"얼터너티브의 시대정신, 음악적 태도, 일테면…"

뭐야, 말하는 게 꼭 ㅁ 같잖아. 니은은 생각했다.

"노래 제목에 들어간 틴 스피릿도……."

"틴 스피릿도?"

니은이 비읍의 말 중간에 끼어들었다.

"어! 어? 그니까……."

"그니까?"

"어, 그니까. 그게…… 그때 당시 방향제 이름이었대. 향기 톡톡 그런 거."

"그래서 그게 어쨌다는 건데?"

"어? 아니, 그냥 웃기잖아."

"난 하나도 안 웃긴데!"

비읍은 입이 얼어붙었다. 아, 이런 말을 하려고 했던 게 아닌데……. 비읍은 얼굴도 들지 못하는데 니은은 이렇게 말했다.

"잘 알았어. 틴 스피릿의 엄청난 비밀. 바로 그거였구나. 향기 톡톡. 그런 것도 알고, 너 되게 유식하다. 난 집에 가 봐야겠다. 너는 더 공부하다 갈 거지? 그럼 먼저 갈게."

"어? 어! 그게, 그게 아니라, 있잖아, 그게……."

비읍이 말을 더듬으며 애절하게 니은의 이름을 불러 댔지만 소용없었다.

3 15세 남자아이들의 대화가 그렇듯, 비읍과 ㅁ의 수다 역시 여자 친구와의 '진도'로 흘러갔다. 대개의 경우 ㅁ의 일방적인 자랑이었다. 예를 들면 이렇다.

"지금 애는 선물 같은 거 안 바라서 좋아. 저번 애는 내가 무슨 봉인 줄 알았거든. 저나 나나 똑같이 용돈 받는 처진데 말이야. 손? 어깨, 뽀뽀 포함 기본세트지. 우리가 초딩이냐? 키스할래? 할래? 하자! 자꾸 그러면 하게 되거든. 아, 물론 지금 애도 처음엔 튕겼지. 지금이야 지가 먼저 덤비지만. 자고로 처음이 어려운 거야. 그담은 술술 풀리게 돼 있거든. 솔직히 몽룡 군과 춘향 양 나이를 생각해 봐라! 우리도 바짝 서둘러야 하는 거지, 쩝! 나도 이제 슬슬 다음 단계로 넘어가야지. 그래서 요즘 내가 틈만 나면 문자로, 아, 하고 싶다! 하자! 하자! 꼬시는 중이거든. 문자로는 백 번도 더 했다. 흐흐. 원래 야한 얘긴 문자로 다 하잖아. 넌 안 그러지? 암 말도 못하지? 너야 미련한 곰이니까. 나야 날렵한 치타고! 흐흐. 우리 여보야가, 언젠가는 넘어오겠지! 아싸, 자전거 말고 바이크!"

비읍은 내심 ㅁ 커플이 부러웠다. 니은과 같이 있는 게 좋고, 손을 잡으면 가슴이 뛰고, 키스하고 싶고, 꿈속에서도 니은을 상대로 상상의 나래를 펴곤 했지만, 니은한테 대놓고 그런 말은 못할 것 같았다. 니은에게는 통하지 않을 것 같았다. 자기가 그런 생각을 하고 있다는 걸 알기만 해도 저질이라고 화를 낼 것 같았다.

비읍은 요즘 신경 쓰이는 게 한둘이 아니었다. 한 달에 두세 번 젖은 팬티를 빨랫감 깊숙이 넣어 두었는데 요즘은 그것도 신경이 쓰였다.

니은과 사귄 지 일주일도 채 되지 않았을 때다. 저녁때 아빠가 방에 들어와서는 괜스레 책꽂이에서 문제집을 빼내 후르르 펼쳐 보더니 안절부절못했다.

"엄마가 그러는데 너 여자친구 생겼다며…… 주변에 하도 뒤숭숭한 일이 많으니까……. 아이고, 나도 모르겠다. 너희 엄마가 어디서 들었는지 이거 너한테 주란다. 뭐, 이런 건 아버지가 아들한테 해야 한다나. 이거 상징적인 의미로 주면 다 알아듣는다나 뭐라나."

그러고는 불쑥 상자 하나를 내려놓고 도망치듯 후닥닥 나가 버렸다. 비읍은 아빠가 나가자마자 그것을 얼른 책상 서랍에 넣고 닫아 버렸다. 콘돔이라니! 엄마에게 자기 생각을 들킨 것만 같아 비읍은 엄마 얼굴도 똑바로 못 봤다. 책상 서랍에 눈길만 가도 가슴이 울렁거렸다.

아빠가 말한 주변의 뒤숭숭한 일이란, 고모네 일이었다. 대학교 1학년 사촌 형이 고등학교 때부터 사귀던 여자친구랑 '사고'를 쳐서 집안이 한바탕 뒤집어졌다. 임신한 여자친구와 결혼을 시켜 달라고 했기 때문이다. 그래서 지금 결혼을 시키네 마네, 사촌형 여자친구 집과 고모네가 실랑이를 벌이는 중이었다.

"아이고, 정말 이게 남의 일이 아니라니까. 요즘 애들이 어디 애들 같아야 말이지. 지들이 지금 결혼을 해서 뭘 어쩌겠다고. 쯧쯧."

엄마는 곧 결혼할 사촌 형 이야기를 하며 비읍을 아래위로 훑어봤다.

'너도, 혹시?'

비읍은 그렇게 느꼈다. 괜히 주눅이 들고, 뭔가 잘못한 것처럼 고개를 숙였다. 그러고 나면 화가 났다. ㅁ이라면 이럴 때 뭐라고 할까? "걱정 마세요. 나는 안전하게 할 테니까!" 그럴까? 나도 그렇게 말할 수 있다면 좋을 텐데. 비읍은 자신이 한심하게 느껴졌다.

비읍은 언제부턴가 매사에 ㅁ과 자신을 비교하기 시작했다. ㅁ의 말이라면 무조건 솔깃했다. 여자친구와의 일이라면 더더욱. 그래서 비읍은 ㅁ에게 니은 얘기를 시시콜콜 했다. 비읍은 정말 니은과 잘해 보고 싶었다. 처음으로 사귄 여자친구 니은에게 잘 보이고 싶었다. 하지만 어떻게 해야 할지 막막했다.

비읍이 ㅁ에게 투투데이 사건을 얘기했더니 ㅁ은

"우하하하. 틴 스피릿과 향기 톡톡! 결국 향기 톡톡이 너의 첫 키스를 훔쳐 갔구나."

하며 박수를 치고 휘파람을 불며, 동네 놀이터 모래바닥을 데굴데굴 굴렀다.

ㅁ의 분석에 의하면 그날의 실패 원인은, 비읍이 시간을 너무 끈 것이었다. 그래서 니은이 화가 났다는 것이다. 비읍이 투투데이를 모르거나 알아도 그냥 지나가는 줄 알고. 그러니까 니은이 먼저 연락해 올 때까지 기다리라고 했다. 시간이 다 해결해 준다고. 이유는?

첫째, 택배가 도착하려면 시간이 걸린다. (비읍은 ㅁ이 시키는 대로 각종 쇼핑몰을 뒤진 끝에 옥션에서 택배비 포함 이만 원 상당의 커다란 중국산 곰 인형을 구매했다.)

둘째, '애절한' 편지가 도착하는 데도 시간이 걸린다. (비읍은 교보문고 문구 코너에서 고가의 편지지 세트를 골라, ㅁ의 충고대로 류시화의 시를 포함한 장문의 편지를 썼다. 비읍의 특기라고 할 수 있는 만화 실력을 십분 발휘하여 니은의 얼굴을 곳곳에 그려 넣은, 총 여섯 장짜리 편지였다.)

셋째, 니은처럼 까칠한 애는 촐싹거리는 스타일을 싫어한다. 아마 네가 먼저 찾아가서 풀려고 들면, 자기가 오해를 했으면서도 자존심 때문에 끝까지 화를 낼 것이다. (실제로 니은은 자기가 화가 나면 건드리지 말고 그냥 두라고 했다. 건드리면 건드린 것 땜에 더 화가 난다고. 하루 이틀은 그냥 두라고. 먼저 연락할 때까지 기다리라고.)

비읍은 ㅁ의 말이 모두 그럴싸하다고 생각해서 그대로 따랐다. 그러나 ㅁ이 예상한 사흘이 지나고, 나흘째 접어들도록 니은에게선 아무런 연락이 없었다.

비읍은 애가 타기 시작했다. 택배가 안 갔나? 편지가 안 갔나? 나랑 헤어지기로 결심했나? 아니면 무슨 일이 있나? …… 에잇! 먼저 연락을 할걸 그랬나? 지금이라도 할까? 수업시간에 넋을 놓고 있다가 선생님한테 분필 세례를 받고 책상을 들고 복도로 나가기도 했다.

4 비읍이 예상한 것 가운데 실제로 니은에게 생긴 일은 딱 하나, '무슨 일이 있나?'였다. '헤어지기로 결심했나?'는 하루를 넘기지 못했다. 니은은 그날 집으로 돌아가는 길에 '내가 너무 심했나?' 생각했고, 집에 가서는 '그게 다 ㅁ 때문에 그런 걸 거야. 여하튼 ㅁ은 밥맛이라니까.' 생각했다. 택배와 편지도 무사히 도착했다. 물론 그것들을 받고 니은의 생각이 달라지긴 했지만.

문제의 '무슨 일'은 비읍이 애태우던 이틀째, 니은의 학교에서 벌어졌다. 니은이 비읍에게 화해의 문자를 보낼까 말까 망설이던 날이기도 했다.

3교시 가정 시간이었다. 가정 선생님은 '되게 착해'서 아이들이 '만만하게' 보는 선생이었다. 그날도 평소처럼 수업종이 울렸으나 아이들은 자리에 앉지 않았고, 소곤소곤 소리도 그치지 않았다. 수업이 시작되고 나서도 뒷자리에서 누군가는 문자를 날리고 있었고, 또 다른 아이는 과자를 먹었고, 책상 밑으로 쪽지가 건너 다녔다.

"너희들! 그만 안 해?"

아이들은 선생님이 장난으로 화내는 척하는 거라고 생각했다.

"휴대폰, 과자, 쪽지! 다 앞으로 가지고 나와!"

아이들은 여전히 저러다 말겠지 생각했다. 그래서 아무도 가지고 나가지 않았다. 누군가는 문자 메시지를 열어 보며 킥킥 웃었다.

"뭐야! 지금 웃어? 너희들 내가 그렇게 만만해? 내 수업시간엔 아무렇게나 해도 된다고 생각해?"

가정 선생님의 목소리가 높아지다 갈라져 쇳소리가 났다. 그제야 교실에 정적이 찾아왔고 아무도 움직이지 않았다.

"좋아, 서랍에 있는 거, 가방에 있는 거 다 책상 위에 꺼내 놔!"

아이들은 웅성거렸다.

"빨리!"

머뭇머뭇 몇몇 아이들이 서랍을 뒤적였고, 책상 옆에 걸린 가방을 만지작거리는 아이도 있었다. 그때 니은이 "꼭 그러셔야겠어요?"라고만 하지 않았다면, 선생님이 니은의 가방을 열어 교탁에 쏟는 일은 없었을지 모른다.

선생님은 니은을 향해 곧바로 걸어갔다.

"왜? 그러면 안 되니?"

"글쎄요. 선생님이 그러시면 실망스러울 것 같아서요. 애들이 오늘만 그랬던 것도 아니고. 다른 때는 그냥 두다가 오늘만 화를 내시는 것도 일관성이 없어 보이고요."

니은의 말은 진심이었다. 그리고 누구도 남의 가방을 뒤질 권리는 없다고 생각했다.

"그래?"

"하지만 꼭 하시고 싶다면 해야겠죠. 언제나 선생님들 맘이니까. 선생님도 다르지 않겠죠."

니은의 말은 자극적이었다.

잠시 후 니은의 가방은 선생의 손에 거칠게 쥐어져 교탁 위에 와르르 내용물을 토해 냈다. 그때 다이어리 사이에서 동글납작한 꽃무늬 케이스가 떨어지면서 뭔가 튀어나왔다.

콘돔! ㅇ이 준 콘돔이었다.

교탁 위로 떨어진 그 콘돔은 니은을 순식간에 '정말로 하는' 애로 만들어 버렸다. 선생님은 콘돔과 니은을 번갈아 바라보다가 도망치듯 "오늘은 그만 자습해!" 한마디를 남기고 나가 버렸고, 아이들은 뭔데? 뭐야? 응? 응! 콘돔이야……. 콘돔? 콘돔! 콘돔! 헉 어머머, 서로 원하면 얼마든지 할 수 있는 거라고 하더니, 쟤, 정말로 하는가 봐! 그러게. 역시 대단한 니은이네! 세상에, 그 말이 그 뜻이었어, 하며 얼마 전 성교육 시간에 있었던 니은의 발표까지 들먹이며 수군수군 흘깃흘깃 난리가 났다. ㅇ이 냉큼 달려가 그것을 니은 가방에 다시 챙겨 넣지 않았다면 누군가 그것을 집어 교실에 돌렸을지도 모를 일이었다.

니은은 애써 태연한 척 ㅇ이 건넨 가방을 받아 다시 책상 옆 고리에 걸었다. 기분은 엉망진창이었다. 차라리 선생님이 대놓고 "이거 뭐니?" 라고 물었다면 아무렇지도 않게 "콘돔이지 뭐예요! 콘돔 모르세요? 팬시콘돔 가게 구경 갔다가 기념으로 하나 샀어요. 예쁘죠?"라고 똑 부러지게 대답했을 것이다.

니은이라면 충분히 그럴 수 있었을 것이다. 지난 성교육 시간에도, 순결주의자처럼 여자의 혼전순결을 강조하는 ㄱ을 향해, "뭐? 혼전순결을 꼭 지켜야 한다고? 그게 무슨 국보급 보물이라도 되니? 꼬오옥 지키게? 설마 진심은 아니겠지? 하긴 아직도 뒤로 호박씨 까는 게 여자답다고 착각하는 애들이 수두룩하니까. 모르는 모양인데, 지금은 21세기거든. 남자든 여자든 결혼과 상관없이 성적 자유를 누릴 수 있다고 난 생각해. 그건 우리도 마찬가지고. 문제는 그걸 너처럼 부도덕한 일이라도 되는 양 비난하고 죄악시하는 풍토지. 난 남자애랑 키스도 하고 싶고, 같이 자면 어떤 기분일까 궁금해. 넌 어때? 넌 그런 생각이라곤 전혀, 손톱만큼도 안 해?" 등등의 열변을 토해서 선생과 같은 반 아이들을 기함시켰다.

'그런데 왜 도대체 그냥 나가 버린 거야?'

니은은 호들갑 떠는 애들보다 선생님을 더 이해할 수 없었다.

"미안해, 나 때문에 괜히."

ㅇ의 사과도 듣기 싫었다. 왜 그걸 다이어리 속 비닐 주머니에 넣어뒀는지, 부주의한 자신을 탓하고 싶지도 않았다.

5　여학생들 사이의 소문은 하늘에서 떨어진 미확인 비행물체, UFO와도 같다. 원하는 대로 시나리오를 써 간다. 설령 그것이 알고 보니 누군가 63빌딩에서 날린 종이비행기라고 해도 믿으려고 하지 않는다. 이미 그것은 UFO로 결정된 것이다. 최초의 발견자가 발견 즉시 종이비행기라고 확인했다면 모를까, 이미 늦은 것이다. 그래서 ㅇ이, 사실은 이러이러해서 니은 가방 속에 콘돔이 있었던 것이다,라고 말했음에도 여전히 니은의 가방 속 콘돔은 온갖 시나리오의 제재가 되어 아이들 사이를 돌고 돌았다. 단 하루가 지났을 뿐인데 말이다.

'콘돔 사건' 다음 날, 니은은 입을 꼭 다물고 아이들의 눈길을 똑바로 받아 되돌려줬다. 눈길을 피하기도 애써 변명하기도 싫었다. 그래 씹어! 이빨 아프면 책상에 붙여 뒀다 심심할 때 또 씹어! 상관없어! 니은은 그따위 쑥덕거림에 죄인처럼 숨기 싫었다. 당당해 보이고 싶었다.

"미안해. ㅇ한테 들었어. 그렇게 나오는 게 아니었는데……. 나도 모르게 당황했어. 정말 미안하다."

교무실로 불러 사과를 하는 가정 선생님도 보기 싫었다. 하려면 어제 할 것이지, 벌써 소문 다 났는데 이제 와서 무슨 소용이야! 니은은 건성으로 인사를 하고 교무실을 나왔다. 그런데 성교육 시간 이후 사이가 틀어진 ㄱ이 점심시간에 노골적으로 시비를 걸어 왔다.

"그거 이쁘더라! 어디서 샀니?"

"왜, 사게?"

"푸후! 글쎄, 써 보니까 기능은 어때? 어떤 건 찢어지기도 한다던데?"

"아주 좋아! 비싼 거거든!"

"그래? 역시 전문가는 다르구나."

"필요하면 언제든 말해. 전문가 입장에서 조언해 줄 테니까."

살얼음 위를 걷는 것 같은 대화였지만 니은은 결코 흥분하지 않았다. ㄱ의 머리채라도 잡고 한바탕 뒹굴고 싶은 마음이 굴뚝같아도 이를 악물고 참았다. ㄱ의 입가에 매달린 비웃음에도 콧방귀를 뀌었다. 그러나 니은은 쉬는 시간에 화장실 양변기에 앉아 얼굴을 묻고 아무도 모르게 울먹였다. 하루 종일, 집에 가고 싶다는, 아니 학교에서 나가고 싶다는 생각밖에 나지 않았다.

수업이 끝나고, 니은은 잰걸음으로 교문을 나섰다. 뛰는 건 어쩐지 자존심 상했다. 교실을 나설 때 ㅇ이 "같이 가!"라고 했지만 돌아보지 않았다. ㅇ을 원망하는 건 아니었다. 그래도 같이 다닐 기분은 아니었다. 니은의 시선은 앞에 있었으나 사실 아무것도 보고 있지 않았다. 그래서 교문 앞에 서 있는 비읍을 알아보지 못했다. 니은! 니은! 부르는 소리도 들리지 않았다. 비읍이 바로 앞까지 뛰어왔을 때에야 알았다.

"수업 끝났어?"

비읍은 그렇게 말했다.

니은은 비읍이 전혀 반갑지 않았으므로, 인상을 썼다. 어제 도착한 비읍의 편지와 택배는 니은의 마음에 전혀 들지 않았다. 사랑은 둘이 한 곳을 바라보는 것이라느니 너의 눈엔 별이 떠 있다느니 하는 비읍의 편지도 읽는 둥 마는 둥 했고, 곰 인형은 포장을 풀다 말고 옷걸이 옆에 세워 두었다.

'정말 구제불능이군!'

니은은 딱 봐도 그것이 ㅁ의 코치를 받아서 한 일이란 걸 알았다. 하나에서 열까지 ㅁ이 시키는 대로만 하잖아. 이건 뭐 마마보이도 아니고…… 더 이상 비읍을 만나기 싫었다. 역시 남자애들은 어려! 니은의 결론이었다. 그런 애를 한때나마 좋아했다는 게 창피했다.

그렇게 니은과 비읍은 하교하는 아이들로 시끌벅적한 교문 앞에 어색하게 서 있었다. 그게 문제였다. 하교하는 아이들이 줄줄이 교문을 나오고 있다는 것. 그중에 니은과 같은 반인 몇몇이 있다는 것. 결정적으로 ㄱ이 있다는 것. 바짝바짝 다가오고 있다는 것.

"어머, 쟤가 갠가 봐?"

이건 ㄱ은 아니었다.

"글쎄. 그럴지도 모르지."

이게 ㄱ이다.

"어?"

"니은이 꼭 한 사람이랑만 한다는 법 있니?"

"크크, 하긴!"

"니은이야 우리랑은 다르잖아. 21세기 전문가잖아."

ㄱ이 말을 할 때마다 니은의 얼굴은 하얗게 질려 갔고, 손은 부들부들 떨렸으며, 눈에서는 불꽃이 튀었다.

"아주 그 길로 나설 건가?"

ㄱ의 입에서 그 말이 흘러나왔을 때, 별안간 니은은 ㄱ에게 달려갔다. 그리고 사정없이 가방을 휘둘렀다.

"왜 이래?"

ㄱ이 말했지만 니은은 한마디도 하지 않고 계속해서 가방을 휘둘렀다. 니은의 서슬에 ㄱ은 놀란 토끼처럼 당하고 있었다.

"너 미쳤어?"

ㄱ이 니은을 떠밀었고, 순식간에 애들이 몰려들었다. 그러나 니은은 멈추지 않았다. 다시 가방을 휘둘렀고, ㄱ의 교복 윗도리를 잡아당겼다. 우드득, 단추가 떨어져 나갔다. 그때 ㅇ이 달려와서 니은을 떼어놓지 않았다면 정말 큰 싸움이 벌어졌을지도 모른다.

6 ㅇ이 가라고, 가라고 해서 ㅇ에게 끌려가듯 사라지는 니은을 두고 왔지만 비읍은 벌렁벌렁 가슴이 뛰었다. 니은이 왜 그랬는지, 도대체 무슨 일이 있었던 건지 알 수가 없었다. 망설이고 망설인 끝에, "거참, 이상하네. 왜 연락이 안 오지. 그럼 꽃이라도 사 들고 교문 앞에서 기다려 보든가."라는 ㅁ의 말에 따라 니은의 학교 앞으로 찾아간 것이었다. 어렵사리 Smells Like Teen Spirit 가사도 해석해 왔다. 꽃다발은 눈에 띌까 봐 장미 한 송이를 포장해서, 가방 지퍼를 열고 비스듬히 넣어 두었었다.

비읍은 바로 ㅁ에게 전화를 해서 만났다. ㅁ은 뜻밖의 이야기를 했다. 어제 수업시간에 니은의 가방에서 콘돔이 나왔다는 것이다. 니은과 같은 학교를 다니는 ㅁ의 여자친구한테 들었다고 했다. ㅁ은 놀이터 그네를 뒤집어질 정도로 세게 밀며 이렇게 덧붙였다.

"오! 알고 보니 니은 쎄네! 콘돔을 가방에 넣고 다닌다. 음, 쎄다, 쎄! 이거 그래서 너의 순진 모드가 안 먹혔다 본데? 빅 뉴스다 빅 뉴스!"

"그래서? 그래서 너 그 얘기 다른 애들한테 했어?"

비읍은 그게 걱정이었다. ㅁ은 딴소리를 했다.

"되게 재밌겠는데. 교회 애들이⋯⋯."

"뭐야! 교회 애들한테 벌써 말했어?"

"아니 아직. 나도 좀 전에 알았다니까. 이제 해야지. 자식! 왜? 니은 이 그런 애라니까 기분이 확 상하냐? 하긴 나도 깬다. 니은 그렇게 안 봤는데 말이야⋯⋯."

그때 비읍의 주먹이 ㅁ을 향해 날아갔다. ㅁ이 맞은 것은 아니었다. ㅁ은 날쌘 편이었고 재빨리 몸을 틀어 비켜섰으니까.

ㅁ은 씩 웃었다.

"워워. 긴장 풀고, 너 솔직히 말해 봐. 기분 별로지? 아무리 우리가 자전거 말고 바이크! 본능 정신을 외쳐도 여자애가 그러는 건 별로잖아. 안 그래?"

비읍은 다시 주먹을 꽉 쥐었고, 여차하면 나갈 태세였다. 그러나 ㅁ은 대수롭게 여기지 않았다. ㅁ이 아는 한 비읍은 주먹질에 서투른 친구였다. 하지만,

"이쯤에서 끝내라. 어차피 자전거 말고 바이크 할 여자애는 깔렸어. 이제 소문 쫙 날 텐데. 니은이랑 엮여서 좋을 거 없잖아."

라고 ㅁ이 말했을 때, 비읍의 주먹이 퍽! 퍽! 소리와 함께 ㅁ의 복부를

강타했다. 이번에는 ㅁ도 가만히 있지 않았다. 둘은 교복 단추가 뜯어지고 운동화가 벗겨져 나가도록 격렬하게 싸웠다. 지나가던 아저씨가 달려와 말리지 않았다면 더 험한 꼴이 될 때까지 싸웠을 것이다.

아저씨가 한바탕 훈계를 하고 떠난 뒤에도 둘은 숨을 헐떡거리며 노려봤다.

먼저 입을 뗀 건 ㅁ이었다.

"비읍! 너 웃긴다. 니은을 죽도록 사랑하기라도 했냐? 너도 어차피 나처럼 그거 하고 싶어서 안달 난 거였잖아. 아니었어? 그런데 왜 난리야!"

"꺼져! 당장 꺼져!"

비읍은 악을 썼고,

"멍청한 자식! 지금은 내가 그냥 간다. 나중에 보자!"

ㅁ은 아래위로 비읍을 훑듯이 째렸다.

비읍은 저만치 보이는 ㅁ의 뒤통수에 대고 오금을 박듯 말했다.

"너, 니은 얘기 다른 애들한테 하면 죽을 줄 알아!"

7 대부분의 십대 커플은 겨우 투투데이를 기념할 만큼 사귀는 기간이 짧다. 많은 커플이 그전에 사소한 이유로 깨진다. 니은도 그랬다. 비읍에게 학원 끝나고 열 시쯤 집 앞 공원으로 오라고 문자를 보낼 때 헤어질 생각을 굳혔다. 굳이 집 앞으로 부른 이유는 곰 인형과

편지를 돌려주기 위해서였다. 니은은 껴안듯 가지고 나온 곰 인형을 공원 벤치 옆에 기대 놓고, "이거 돌려줄게. 우리 헤어져." 짧게 말했다.

니은의 문자를 받고 오면서 비읍이 예상한 일이었다. 비읍은 아무 말도 하지 않았다.

"뭐야, 너? 헤어지자고 그러는데 이유도 안 물어 보니?"

"……"

"진짜 웃기다, 너."

비읍은 고개를 푹 숙였다.

"너한테 잘 보이고 싶었어."

비읍이 니은을 만난 후, 처음으로 속마음을 털어놓은 것이다.

"뭐?"

"그래서 ㅁ이 시키는 대로 했어."

"그럼 내가 좋아할 줄 알았어?"

"응. 그렇게 생각했어. ㅁ은 경험이 많으니까."

니은은 흠칫 놀랐다. 비읍이 너무 순순히 인정해서다.

"이제라도 알았으니 됐네. 앞으로 다른 애랑 사귈 땐 그러지 마! 난 여자 앞에서 개폼 잡는 남자애들 딱 질색이거든."

니은은 엉덩이를 탁탁 털며 일어섰다.

"알았어."

비읍이 대답하자 니은은 섭섭했다. 뭐야, 기다렸다는 듯. 니은은 앉아 있는 비읍을 빤히 내려다봤다.

비읍이 말했다.

"그 얼간이 같은 놈이랑 끝냈으니까, 앞으로 나랑 사귀지 않을래?"

"뭐?"

"진짜 나랑 사귀자고! 개폼 잡는 나 말고. 사실 나 알고 보면 괜찮은 놈이야. 개폼이라곤 약에 쓰려고 해도 없거든."

"피."

니은은 웃었다.

마음이란 참으로 이상해서 폭풍처럼 사나워지다가도, 금세 봄눈처럼 사르르 녹기도 한다. 그때 니은의 마음처럼. 니은은 방금 전에 헤어지자고 말한 그 자리에 비읍과 다정히 붙어 앉아 배시시 웃었고, 비읍은 니은 어깨에 손을 둘렀으며, 공원 저쪽 벤치에서는 후루룩후루룩 여자애들이 컵라면을 먹고 있었다.

"있잖아,"

비읍이 말했다.

"응?"

"기운 내!"

"갑자기 무슨 말이야?"

"남에 말에 신경 쓰지 말라고. 남들이 뭐라고 하는 거, 그거 아무것도 아니잖아. 알지?"

"들었어?"

비읍은 고개를 끄덕였고, 니은은 잠깐 동안 말이 없었다. ㄱ을 가방으로 때린 일이 한편으론 시원했고, 한편으로 찜찜하던 차였다. 내일 학교에 가면, ㄱ의 일뿐 아니라 '콘돔 사건'을 둘러싼 아이들의 반응에 대해

시시비비를 가릴 작정이었다. ㄱ과 단둘이서가 아니라 반 아이들 앞에서. 마침 학급회의가 있는 날이니까 그때 얘기를 해야겠다고 작정을 해 둔 것이다.

"넌 그 얘기 듣고 어땠어?"

니은은 궁금했다.

"솔직히 말하면 처음엔 놀랐어. 근데 생각해 보니까, 그게 뭐 별거냐? 총이나 마약쯤 된다면 몰라. 그거 나도 있어. 아빠가 주더라고. 여자친구 생겼으니까 상징적인 의미로 준다나."

"크크, 정말? 너희 아빠 훌륭하신데! 내 건 ㅇ 투투데이 때 기념품이라고 준 거야. 거기 안 가 봤지? 별별 콘돔이 다 있더라. 어떤 건 젤리사탕처럼 생겼어."

기분이 한결 좋아진 니은이 비읍 옆구리를 툭 치면서 덧붙였다.

"우리 나중에 한번 써 볼까?"

"뭐?"

비읍이 화들짝 놀라 니은을 빤히 보자 니은은 공원이 떠나갈 듯 깔깔 댔다. 그 바람에 저쪽에 있던 여자애들이 목을 빼고 비읍과 니은 쪽을 바라봤다.

"푸하하하. 너무 웃었더니 입 아프다. 누가 지금 당장이래? 나중이라고 했잖아. 왜, 넌 싫어?"

니은은 어느새 새침한 표정이 됐다.

"아니 그게 아니라……."

비읍은 얼굴을 붉혔다.

"바보처럼 얼굴까지 빨개질 건 또 뭐니! 하긴 그게 네 매력이지. 이런 말 안 하려고 했는데 네가 솔직하게 말하니까, 나도 해야겠다. 사실 내가 그날, 우리 투투데이 말이야, 좀 기대했거든. 근데 아무것도 하지 말라고 해놓고, 먼저 아는 척 말 꺼내기가 그렇더라고. 암튼, 나도 그동안 잘한 건 아니야. 진작부터 네가 ㅁ이 시키는 대로 하는 거 알고 있었거든."

니은도 비읍을 만나고 처음으로 솔직하게 속마음을 털어놓았다.

"흐, 그랬구나. 다 알고 있었구나."

비읍은 머리를 긁적거렸다.

"그리고 나 너바나도 좋아해. 그 노래도 좋아하고. 그 노래 굉장히 유명해. 저번에 보니까 MTV 25주년 명곡 베스트 1위 했더라. 넌 음악방송 안 보지?"

"으, 창피해라."

"하나 더 말해 줄까? 너희가 만날 자전거 말고 바이크! 그러는 것도 알아!"

"헉! 그거까지 알아?"

"그럼! 난 귀 없냐? ㅁ이 말끝마다 그러는데. 그냥 모른 척한 거지. 이왕 이렇게 된 거 우리 다시 사귀는 기념으로 자전거 말고 바이크 해볼까?"

"뭐야, 너! 놀리기야, 진짜!"

"뭐야, 너! 놀리기야, 진짜!"

니은이 양손을 번쩍 치켜들고 비읍 흉내를 냈다.

"야아, 이러지 마아."

비읍은 니은이 치켜든 손을 잡아 내렸다.

그래서 둘은 양손을 잡은 채 마주보고 앉은 셈이 되었다. 공원의 어슴푸레한 조명 아래 서로의 얼굴을 마주보게 된 것이다. 어느 순간 둘의 얼굴이 가까워지더니, 입술이 닿았고 서투르게 열렸다. 살포시 둘의 눈이 감겼다. 첫 키스였다. 저쪽에 있던 여자애들이 비읍과 니은을 힐끔 쳐다보고, 다시 쳐다보고, 또 쳐다볼 때까지 둘의 입맞춤은 계속되었다. 열다섯 살 그리고 사월의 밤이었다.

서랍 속의
아이

너는 나를 꼬박꼬박 상담 선생님이라고 불렀지. 상담 선생님! 저예요. 수화기 저편으로 도르르 말려들던 네 목소리가 오늘처럼 듣고 싶었던 적은 없었어. 이제 정말 네 목소리를 들을 수 없는 걸까. 불안했지. 네가 전화한 지 벌써 삼 주가 지났으니까.

기억하니? 네가 마지막으로 전화했던 날. 네 전화를 받고 나서, 평소엔 잘 마시지도 않던 커피를 석 잔이나 마셨어. 깜빡 딴생각을 하다가 커피를 쏟기도 했어. 그 바람에 블라우스 앞섶이며 치맛자락이 얼룩덜룩해졌지. 밤에는 동네 편의점에 들렀다가, 네 또래 여자애들을 봤어. 간식을 먹으려고 야간 자율학습 중간에 나오기라도 했는지 실내화를 신고, 교복 치마 아래 체육복을 입고 있었지. 그중에 한 여학생이 나를 힐긋 돌아봤어. 그때 아마 내가 찡그린 채로 웃었나 봐. 날 쳐다보던 그 애의 흠칫 놀란 표정을 생각하면 그래.
언젠가 네가 그랬잖아. "가위로 반듯하게 자른다는 게 삐뚤빼뚤해져서 계속 조금씩 다듬었더니 앞머리가 너무 짧아졌어요. 되게 웃겨요. 흐흐." 그 애 앞머리가 꼭 그랬거든.

그날 밤에 자려고 누웠더니,

상담 선생님! 저예요……. 오늘은 아무것도 묻지 말고 내 말만 들어 주세요. 있잖아요, 밤에 자려고 누우면 자꾸 목이 말라요. 요즘 계속 그래요. 배가 빵빵해질 때까지 물을 마시고, 다시 누우면 눈물이, 눈 가장자리에서 주르르 귓바퀴를 타고 흘러내려요. 이상해요……. 슬픈 것도 아닌데 왜 눈물이 나는지……. 어쩌면요, 나는 처음부터 이상한 여자애로, 나쁜 애로 태어났는지도 모르겠어요. 내가 하는 짓을 보면 다 그래요. 상담 선생님한테도 그랬어요. 선생님은 언제나 친절했는데, 나는, 나란 애는 거짓말만 했어요. ……나, 사실은, 거기 가고 싶었어요. 거기서 있었던 일들이 자꾸 생각났어요. 밤새 다시는 가지 말자고 다짐해 놓고도, 다음 날 거기로 갔어요. 그러니까, 학교 앞에서 그 오빠가 기다렸단 말은 거짓말이에요……. 억지로 날 끌고 갔다는 말도 거짓말이에요. 내가, 내 발로 찾아갔어요. 하지만 내가 그 오빨 좋아한 건 아니에요. 그냥 난 거기 가고 싶었어요. 뭐라고 설명할 순 없지만, 그랬어요. 그러니까 지금까지 내가 했던 말은 전부 거짓말이에요.

네 목소리가 들려왔어. 나도 모르게 눈물이 주르르 흘러내렸지. 초초하게 번득이던 어떤 아이의 눈과 쏜살같이 달려가던 그 길과 낡은 서랍 같던 그 방이 눈앞에 잡힐 듯 떠올랐거든. 솔직히 말하면 나는 그 아이를 싫어했어. 아주 오랫동안. 그러니까 그 눈물은 그 아이가 가여워서 흘린 게 아니었어. 아직도 그 아이를 기억하고 있는 나 때문이었지.

124

꿈에 그 아이가 보였어. 깨서 다시 자려고 누우면 네가 그랬던 것처럼 갈증이 몰려왔어. 물병 주둥이에 입을 대고 바닥이 보일 때까지 남김없이 마셔도 갈증은 가시지 않았어.

나는 밤마다 갈증 속에서 그 아이를 기억했어. 그러면, 그 아이 얼굴 위로 네 목소리가 지나갔어, 나, 사실은 거기 가고 싶었어요! 라고 하던. 나는 울음이 새어 나가지 않게, 입을 가리고 숨죽여 흑흑댔지. 그게 그 아이 때문인지 너 때문인지 모른 채.

들어 주겠니? 내가 왜 그랬는지. 그 아이가 어떤 아이였는지.

나는 그때 열두 살이었어. 위로 언니가 셋, 아래로 '국민학교'에 입학한 남동생이 하나 있었지. 남동생 이름이 은성이었어. 그래서 부모님이 하던 가방 가게가 '은성가방'이 됐던 거고. 가게는 제법 컸어. 곁방에 공장도 있었거든. 지금으로 보자면 공장이라고 하기엔 형편없이 초라한 규모였지만 당시에는 사람들의 부러움을 사기에 충분했지. 하지만 막상 집에 가서 보면, 부러워할 만한 거라곤 눈 씻고 찾아봐도 없었어.

그때 사람들은 학교 근처 시장 주변 주택가를 아랫동네라고 부르고, 거기서 삼십 분가량 걸어 올라가야 하는 산동네를 윗동네라고 불렀거든. 우리 집은 그 윗동네에 었었어. 봄이면 아카시아 꽃이 무더기로 피는 동네였어. 오르막길을 따라 대문도 없는 집들이 함부로 난 이빨처럼 들쭉날쭉 들어앉아 있었지. 대부분 가운데가 뻥 뚫린 '부로그' 벽돌로 지어서 벽을 타고 코끝이 싸하게 매운바람이 숭숭 들락거리고, 천장에선 쥐들이 제멋대로 날뛰었지. 그 윗동네에서도 살림살이로만 보자면 우리 집은 형편없는 축에 들었으니까.

우리 집에는 화덕도 '곤로'도 없었어. 그래서 여름이 되면 불이 들어가는 방고래 구멍을 틀어막고, 연탄아궁이에 밥을 해 먹었지. 제대로 된 가구, 그릇, 냄비도 없었어. 그때 그 동네에 하나 둘 출현하기 시작하던 텔레비전은 물론 없었고. 그게 다 '사람은 내일이 있어야 한다'는 엄마의 뜻에 의해 결정된 일이었지. 엄마는 찌그러진 냄비를 박박 닦으며 나한테 말하곤 했어.

"사람은 내일이 있어야 해!"

나는 그 말을 이해할 수 없었지. 다만 엄마가 이렇게 살기로 결정한 이상 아무도 바꿀 수 없다는 건 알았어. 엄마는 우리 집 결정권자였으니까. 빚을 내 가게를 연 것도, 그 빚을 다 갚고 가게를 그만큼 일군 것도 엄마였으니까.

그런 엄마한테도 쩔쩔매는 상대가 있긴 했어. 막내 동생이었지. 말끝마다 우리 복덩이, 복덩이! 했어. 다른 건 몰라도 동생 군것질거리만큼은 아까워하지 않았지. 시장통 사람들도 동생을 귀여워했어. 그중에도 만두 가게 아주머니가 유독 예뻐했지. 동생이 가게 앞을 지나가기만 해도, 에고 우리 복덩이, 어디 가시나! 하고 불러서, 뜨거운 찐빵을 호오 불어 주곤 했어. 엄마하고도 사이가 좋았고. 그런데 엄마가 그 아주머니 아들 얘기를 꺼낸 게 화근이 돼 싸움이 벌어졌지.

"⋯⋯복을 타고 나는 자식이 따로 있다더니, 틀린 말이 아니야. 그나저나 병태 엄마는 어쩌면 좋대. 자식이라고 달랑 하나 있는 게 그리 맘

고생을 시켜서. 쯧쯧."

그 말에 만두 가게 아주머니가 불같이 화를 냈던 거지.

"오냐! 너는 째지게 좋겠다!"

시장통이 떠나가게 소리를 지르고, 엄마 머리채를 잡아 길바닥에 패대기칠 정도로.

아주머니한테는 어릴 때 열병을 앓다 소아마비가 된 중학생 아들이 있었거든.

엄마 말대로 동생이 태어나고부터 좋은 일만 생긴 건 사실이었어. 동생이 세 살 무렵 시작한 가방 가게가 자리를 잡더니, 근동에서 유명세를 타기 시작해 멀리서 부러 사러 오는 사람도 있었고, 공장에 도매가로 주문을 넣고 기다리는 소매상인들도 있었지. 게다가 그해 봄에는, 큰언니가 치과에 간호조무사로 취직을 했고, 중학생인 작은언니들도 제법 공부를 잘했고, 가을이면 엄마가 그토록 소원하던 아파트에 입주를 하게 됐으니까. 시골에서 빈털터리로 상경해 끼니 걱정을 하고 살던 것에 비하면 대단한 성공이었지.

그래, 생각해 보면 그때 우리 집 분위기가 지금 너희 집하고 비슷해.

나만 빼놓고 식구들은 모두 행복해 보여요. 작년에 아빠가 엄마 몰래 주식 투자를 했는데 그게 대박이 났다나 봐요. 엄마랑 아빠는 요즘 주식, 펀드에 관한 책을 사다 놓고 밤마다 공부를 해요. 요즘처럼 두 분 사이가 좋아 보인 적이 없어요. 그림을 그리는 언니도 바라던 예고에 진학한 뒤로는 옛날처럼 나한테 짜증도 안 부리고, 친절하게 대해 줘요. 아니, 식구들 모두 내 얼굴만 보면 걱정을 해요. 학교에서 무슨 일 있냐? 친구랑 싸웠냐? 너한테 뭐라 그러는 사람 아무도 없는데 왜 그러냐? 바이올린도 그만뒀는데, 뭐 다른 고민이라도 있냐? 있으면 말해라…….

다른 점이 있다면, 나는 그때 거의 매일 혼이 났다는 거지. 동생이 발단이었지만 결국은 텔레비전이 문제였어. 나도 그때까지 텔레비전이 문제가 되리라고는 생각해 본 적이 없었어. 처음부터 없었던 거니까. 친구네 집에 가서 보면 되니까.

시작은 동생이었지. 동생은 국민학교에 입학하기 전까지는 가게에서 살다시피 했거든. 그런데 그해 봄부터 동생 돌보기는 내 차지가 됐지. 나는 학교가 파하면 곧장 가게에 들러 동생을 데리고 집으로 와야 했어. 입학한 지 한 달이 지났는데도, 한글은커녕 간단한 덧셈도 못하는 동생을 붙잡아 놓고 공부를 시켜야 했지. 분통이 터졌어. 방금 가르쳐 준 것도 매번 틀렸거든. 게다가 한 대 쥐어박기라도 하면 목 놓아 울었고. 알사탕이라도 쥐여 주기 전에는 절대 그치지 않았지.

어느 날부터 나는 동생을 집에 혼자 두고 휑하니 밖으로 나가기 시작했어.

동생이 따라오면,

"저리 가!"

눈을 치떴지. 그러면 동생은 동네를 헤매고 다니다 배가 고프거나 놀 친구가 없으면 가게로 가곤 했어. 그것 때문에 나는 매번 엄마한테 된통

혼이 났고.

엄마가 호통을 치면 나는 입을 꾹 다물고 눈을 내리깔고 있다가 나중에는 악을 썼어.

"그러니까, 텔레비전 사줘!"

엄마는 나를 이해할 수가 없었지.

"아니, 여기서 왜 그 얘기가 나와? 어쩌, 막둥이도 안 하는 소리를 해! 열두 살이나 됐으면 나잇값을 해야지. 도대체 너는 나이를 거꾸로 먹니!"

엄마는 화를 못 이기고 방 빗자루를 휘둘렀어. 나는 잘못했다고 빌지도, 울지도 않았어. 그렇다고, 이제 동네 친구네 집에 텔레비전을 보러 갈 수 없다, 그 집에 텔레비전 보러 갔다가 은성이가 크래컨가 하는 과자를 훔쳐 먹는 바람에 친구랑 머리끄덩이를 잡고 싸웠다, 친구가 은성이더러 도둑놈이라고 해서 그랬다, 그런데도 은성이는 부엌 바닥에 떨어진 과자 부스러기를 거지처럼 주워 먹었다, 창피해서 데리고 다닐 수가 없다, 그러니까 텔레비전을 사달라, 그렇게 전후 사정을 설명하지도 않았어. 그런다 한들 엄마가 텔레비전을 사줄 리 없다는 걸 알았으니까.

막상 혼자 밖에 나가도 갈 데는 없었어. 아니, 갈 데는 많았는데 내 마음이 가 있는 곳은 따로 있었지. 그 시간이면 동네 아이들은 너나없이 텔레비전 있는 집으로 몰려가 있었거든. 그 집 식구들이 눈치를 줘도, 그 집 아이가 못마땅한 기색으로 텔레비전 문을 확 닫아 버려도(그때 흑백 텔레비전에는 문도 있고 다리도 있었어), "저리 가!" 하면서 뒤로 밀어내도 꾹 참았지. 그깟 일로 만화영화를 포기할 수는 없었던 거지.

나도 만화영화를 포기할 수가 없었어. 「요괴인간」이라는 만화 하는 날이면 텔레비전 생각이 더 간절했지. 그래도 그 친구 집에는 가지 않았어. 얼굴만 봐도 "흥!" 하고 외면하는 사이가 됐는데, 다시 간다는 건 있을 수 없는 일이었지. 다른 집? 그래, 나는 다른 집들을 기웃거렸어. 텔레비전이 있는 집 마당을 기웃거리다 봉오리가 맺힌 아카시아 꽃 무더기를 꺾어 들고, 후드득후드득 훑어서 뿌려 댔지. 하지만 그게 다였어. 텔레비전이 있는 집으로 성큼 들어가지는 못했어. 아마, 만두 가게 아주머니 아들, 병태가 들어오라고 하지 않았다면 결국에는 다른 집에 들어갔을지도 몰라. 여느 아이들처럼 누가 뭐라고 해도 꾹 참고 버렸을 지도 모르고.

그러니까, 그 일은 그렇게 우연히 시작됐어. 네가 그 오빠를 따라간 그날처럼.

2학년 1학기 중간고사 끝나고 조금 지나서였어요. 바이올린 레슨이 있는 날이었는데 집에 가기 싫은 거예요. 레슨 받으러 가야 하는데. 그것도 사실 제가 배우고 싶다고 졸라서 초등학교 때부터 배우기 시작했거든요. 근데 중학교 들어와서, 아빠가 아주 비싼 바이올린을 사주고 자꾸, 그림 그리는 딸에 바이올린 켜는 딸까지 있으니까 자랑스럽다, 그런 식으로 얘기하니까 그만두겠다고 할 수가 없더라고요. 말은 안 하지만 언니처럼 예고에 진학하길 바라는 것도 같고요. 그런데 난 그때 바이올린 소리만 들어도 소름이 끼쳤어요. 바이올린 선생님한테 혼도 많이 났고요. 정말이지 레슨이 있는 날이면 가슴에 쇳덩이가 매달린 거처럼 답답했어요. 밥도 먹기 싫고. 죽고 싶다고 생각하면서 레슨 받으러 갔죠. 그런데 그날 우연히 그 오빠를 만난 거예요. 버스 정류장에서요. 초등학교 6학년 겨울방학 때 그 오빠한테 친구랑 둘이 영어 과외를 받았거든요. 그 오빠가 고3이었는데 진즉에 수시로 붙어서 한가하다고 엄마 친구가 소개해 줬죠. 미국에서 살다 와서 영어를 되게 잘한다고 그랬어요. 키가 좀 작아서 그렇지 어디하나 빠지는 데 없는 애라고. 우리 과외 끝난 뒤에도 다른 애들 과외한다는 소문은 들었는데, 얼굴을 본 건 그날이 처음이었고요. 어쨌든, 그 오빠가 절 되게 반가워 했어요. 전에는 말도 없고, 괜히 수줍어 하고 그랬는데, 그날은 달랐어요. 대학생이 돼서 그랬는지도 모르죠. 암튼, 이렇게 만났는데 그냥 헤어지기 서운하다고, 너만 시간 있으면 맛있는 거 사주고 싶다고 했어요. 한 달 뒤면 군대 가니까 지금 아니면 기회도 없다고요.

그리고 넌 이런 말도 했었지. 그 오빠가 사는 오피스텔 한쪽 벽이 자기가 찍었다는 사진으로 꽉 차 있었다고. 사진작가들이나 쓸 것 같은 망원 렌즈며, 크고 무거운 카메라에, 두꺼운 원서도 주르르 꽂혀 있었다고. 근사해 보였다고. 혼자 사는 그 오빠가 부럽고 대단하게 느껴졌다고. 그래서 다음에 사진을 찍어 주겠다는 그 오빠 말에 기분이 좋아졌다고.

그날 내가 처음 들어간 병태의 방은 근사한 데라곤 없었어. 낡은 서랍 같았지. 어딘가 조금씩 망가지거나 부러진 물건들이 기다리고 있었던

것처럼 와르르 쏟아져 나오는. 비닐 장판 위에 깔린 색깔을 구분할 수
없는 이불이며 여기저기 흩어져 있는 만화책에, 겉장이 반쯤 찢어진 문
고본들, 벽에 비뚤게 걸린 중학교 교복과 모자까지. 나는 뒷목이 서늘하
고 속이 울렁거렸어. 어두침침한 방 안에 유난히 흰 얼굴로 앉아 있는
병태 때문이었는지도 모르고, 그 방에서 나던 냄새 때문이었는지도 몰
라. 방 한구석 밥상 위에서 말라붙어 가는 김치나 먹다 남은 만두, 새까
만 행주에서 나는 냄새가 전부는 아니었지. 그때는 몰랐지만, 열다섯 살
소년의 냄새가 섞여 있었던 거야.

　나는 문가에 있던 걸레통을 발로 밀고 앉았어. 무릎을 세워 양손으로
끌어안았지. 엉덩이를 타고 싸구려 비닐 장판에서 냉기가 올라왔어. 그
래서 조금 더 웅크렸지. 그때 나를 쳐다보던 병태가 이불을 젖히며,

　"이리 와! 거기 차가워."

하고 말했어. 가느다란 목소리였지. 나는 깜짝 놀랐어. 병태 목소리가
그런 줄 몰랐으니까. 내가 아는 병태는 언제나 입을 꾹 다문 채 고개를
푹 숙이고 다녔거든. 다리를 절뚝거리면서. 결코 고개를 드는 법이 없었
지. 누구한테 인사도 하지 않았고. 누가 아는 척이라도 하면, 어깨를 부
르르 떨고 비딱하게 서서 아랫입술을 잘근잘근 씹었어. 금방이라도 싸
움을 걸 듯이. 그러고는 다시 고개를 푹 숙이고 절뚝거리며 걸어갔지.
그러면, 동네 어른들은, 아니 저놈 어릴 때는 안 그러더니 왜 저래? 쯧
쯧! 혀를 찼고, 조무래기들은 뒤에서 병태 걸음걸이를 흉내 내며 키득거
렸지.

　종종 잠자리에서 엄마 얘기 속에 등장하는 병태를 만나기도 했어. 나,

동생, 엄마, 아빠 그렇게 넷이 나란히 누워서 잤거든. 엄마는 이렇게 말했어.

"병태 그놈 학교 간다고 나가서 학교에도 안 가고, 어디를 쏘다니다 왔는지 얼굴에 시퍼렇게 멍까지 들어가지고 통금 전에 들어왔대요. 알고 보니까, 새마을금고 김씨네 딸을 데리고 화양린가 어디로 영화 구경을 갔다나 봐요. 아까 새마을금고 김씨가 병태 엄마한테 종주먹을 들이대더라고. 에고, 자식이 뭔지……. 병태 엄마 불쌍해서 어째."

그러고는 안타깝다는 듯 한숨을 쉬었지. 그러다가도, 내가 이불 속에서 버스럭거리는 기척을 내면, "너, 행여나 병태가 어디 같이 가자고 꼬여도 절대 따라가면 안 돼! 아예, 아는 척을 말어. 알고 지내서 좋을 거 하나 없으니까." 하고 못을 박았어.

하지만 내가 평소에 병태를 모른 척한 건 엄마 때문은 아니었어. 언제나 불만에 가득 찬 얼굴에다가, 절뚝거리기까지 하는 병태가 싫었던 거지. 그런데 그날 그 방에 앉아 있는 병태는 길에서 만난 병태하고는 전혀 달랐지.

나는 목소리만큼이나 가느다란 병태의 한쪽 다리를 보면서 고개를 저었어.

그랬더니,

"내 다리 참 가늘지?"

하고 병태가 소리 없이 웃었지. 입꼬리를 비죽 올리면서.

나는 얼굴이 달아올랐어. 봐서는 안 될 걸 보거나 해서는 안 될 짓을 한 것처럼.

병태는 갑자기 한쪽 다리를 끌고 텔레비전 옆으로 기어가더니 조그만 상자에서 뭔가를 꺼냈어. 그리고 내 손을 잡았지. 그걸 주려고 말이야.

병태의 갑작스런 행동에 당황한 나는 병태 손을 세게 뿌리쳤어. 그 바람에 병태가 손에 든 걸 방바닥에 떨어뜨렸고, 둔탁한 소리를 내며 방바닥에 떨어진 그것이 도르르 이불께로 굴러갔지. 나는 그제야 그게 알사탕이라는 걸 알았어. 병태는 말없이 사탕을 주워 입에 넣고, 와드득 깨물었지. 나는 또 얼굴이 달아올랐어. 창피하기도 하고 어색하기도 했지. 그래서였는지도 몰라. 나는 그날 그곳에서 한마디도 하지 않았거든. 꼭 필요할 때는 고개를 흔들었지. 나중에는 병태도 문가에 웅크리고 앉아, 고개도 돌리지 않고 텔레비전만 쳐다보는 나를 그냥 뒀어. 도망가듯 뛰쳐나가는 내 뒤에 대고,

"또 와!"

라고 했을 뿐이었지.

다시 그 방에 갔을 때도 나는 문가에 웅크리고 앉았어. 병태는 이불 속에 있었고. 별다른 말도 없이 나랑 병태는 또 「요괴인간」을 봤어.

그러다 병태가 혼잣말처럼 중얼거렸지.

"넌 쟤네들 이해가 되니? 사람들한테 배신당하고 이용만 당하면서 왜 사람이 되고 싶다고 난리를 치는지. 그 사람들이 저희를 벌레 취급하는데."

나는, 베로가 빨리 사람이 되고 싶다고 외치는 모습을 애타게 보고 있다가, 나도 모르게 이렇게 대답했어.

"그러니까 사람이 되고 싶은 걸걸. 사람 되면 아무도 안 그럴 거니까.

쟤네들은 요괴잖아."

병태가 퓹 하고 웃었지. 나는 병태의 그 웃음소리에 귓불이 뜨거워지는 걸 느꼈어. 엉거주춤 일어나 밖으로 나갔지. 운동화에 발을 꿰려고 했을 때였어.

병태가 들릴 듯 말 듯 작은 목소리로,

"너도 내가 싫지?"

라고 말했어. 나는 대답할 수가 없었지. 그래서 못 들은 척 달음박질을 쳤어.

세 번째 그 방에 갔을 때, 병태는 구석진 벽에 기대고 앉아 있었어. 새 것처럼 보이는 파란색 티셔츠를 입고서. 병태가 어딘지 모르게 들뜬 목소리로, "이거 먹을래?" 하고 누런 종이봉투를 내밀었어. 나는 보지 않아도 그게 만두란 걸 알았지. 그런데 이상하게도 손을 내밀 수가 없었어. 우물쭈물하다가 고개를 흔들었지. 그러니까,

"하긴 맛도 없지!"

하면서 병태가 누런 봉투를 휙 하고 집어던졌어. 화가 난 것 같지는 않았어. 날 보고 웃고 있었거든. 나는 웃고 있는 병태 얼굴이 정말 하얗다고 생각했어. 그러자 가슴이 쿵쿵 뛰었지.

"저기 가서 봐."

병태가 이불이 깔려 있는 아랫목을 손가락으로 가리켰어. 얼굴만큼이나 희고 길쭉한 손가락이었지. 나는 또 고개를 흔들고 말았어. 알고 보면, 나는 그 방에서 줄곧 평소 같지 않게 굴고 있었지. 나는 누가 뭘 물

어보면 망설이거나 귓불이 빨개지거나 고개를 흔드는 아이가 아니었거든. 삐그덩, 하고 그 방문이 닫히면 문밖에 있던 나는 사라지고, 전혀 다른 내가 되는 것 같았어.

　그 사이 텔레비전에서,

어둠에 숨어서 사는 우리들은 요괴인간들이다.
숨어서 살아가는 요괴인간 사람도 짐승도 아니다.
빨리 사람이 되고 싶다.
어두운 운명을 다 버리고— 벰 베라 베로— 요괴인간—

「요괴인간」노래가 시작됐지. 나와 병태는 그 방의 이쪽과 저쪽 끝에 앉아 있었고. 불안한 침묵이 흘렀어. 병태는 손가락으로 방바닥을 두드리다가 우드득우드득 꺾었다가, 어떻게 해도 불편한 듯 앉은 자세를 계속 바꿨어. 나는 깍지 낀 손으로 무릎을 단단히 움켜잡고 조금씩 더 어깨를 움츠려 애벌레처럼 온몸을 말았지. 그리고 텔레비전을 노려봤어. 텔레비전에서는 언제나 그랬듯 벰·베라·베로 삼남매가 도착한 새로운 마을에서 알 수 없는 괴이한 사건들이 벌어졌어. 하지만 나는 집중할 수가 없었어. 저만치 떨어져 앉은 병태의 움직임이, 불안정한 숨소리가 코끝에서 느껴졌으니까. 그런데 돌아볼 수도 일어날 수도 없었어. 나는 자꾸입에 고이는 침을 꿀꺽 하고 삼켜야 했어. 마을사람들을 구한 벰·베라·베로 남매가 누명을 쓰고 사람들에게 쫓길 때쯤에 이르자 온몸이 딱딱

하게 굳어 버렸지. 나는 '끝'이란 글자가 보이기도 전에 벌떡 일어나 문을 열고는 미로처럼 이어진 골목을 한달음에 달렸어. 아마 누가 그때 나를 봤다면 쫓기고 있다고 생각했을 거야. 나는 그때 이미 나를 향해 바짝바짝 다가오는 낯설고 두려운 무엇인가를 느끼고 있던 거지.

그런데도 나는 그 방에 다시 갔어. 전날처럼 불안한 침묵이 흘렀지. 그리고 어느 순간, 그 침묵을 깨고 차갑고 떨리는 병태의 손이 내 옷 속으로 들어왔어. 나는 움찔하고 진저리를 쳤어. 싫다고 뿌리치지 않았어. 눈을 감았지. 병태는 하아 하고 숨을 내쉬었고.

조심스럽게 움직이는 병태의 손을 따라 내 어깨가 파르르 떨렸지. 나는 무엇엔가 휘감기는 것처럼 어지러웠어. 그래서 병태의 어깨에 머리를 기댔고, 병태는 어깨에 힘을 주었지. 나는 그때 병태의 그 냄새를 맡았어. 열다섯 소년만이 풍길 수 있는, 어떤 냄새.

그날 그 방을 채우고 있던 건 빨리 사람이 되고 싶다는 베로의 애절한 목소리와 어둠이었어. 나는 「요괴인간」이 끝날 때까지 눈을 뜨지 않았으니까.

그즈음 밥상머리에서 젓가락으로 반찬 종지를 헤집는 나한테,

"귀신에라도 홀렸냐! 왜 그리 넋을 빼고 있냐?"

엄마가 자주 타박을 했어. 나는 정말 귀신에라도 홀린 것처럼 대꾸도 없이 일어나 밖으로 나갔지.

나는 학교에서 돌아오면 비닐 장판을 덮어 놓은 마루턱에 앉아 병태 집이 있는 맞은편 산등성이를 바라봤어. 병태와 그 방을 생각하면 침이

마르고 머릿속이 아득해졌지. 그러다 동생이,

"누나!"

라고 부르면

"저리 가!"

소리를 지르고 쏜살같이 병태네 집으로 뛰어갔고.

나는 누가 봐도 이상했어. 학교에서는 수업 시간에 창밖을 멍하니 바라보기만 했고, 남자애들이 장난을 걸어도 그냥 지나쳤지. 도화지나 물감, 지금은 리코더라고 부르는 피리 같은 수업 준비물을 빼먹기 일쑤였고. 간신히 가게에 들러 동생을 집에 데리고 오기는 했어도 그걸로 끝이었어. 정말 이상했던 건 내가 길거리에서 병태를 보고, 도망을 쳤다는 거지.

나는 저만치 쩔뚝이며 걸어가는 병태의 뒷모습을 보고 소스라치게 놀랐어. 내가 길에서 만난 병태는 여전히 동네 아이들에게 손가락질받고, 쩔뚝쩔뚝 걷는 병태였지. 그 방에 있던 열다섯 살 소년이 아니라.

나는 이유를 알 수 없었어. 왜 길에서 병태를 보면 싫은 건지. 왜 도망치는 건지. 분명한 건 그 방에 가고 싶은 그 마음을 어떻게 할 수가 없다는 거였지.

시작이 우연이었다면 끝은 갑자기 찾아왔어.

그날은 비가 왔어. 수업 중에 왔다가 학교가 파할 때쯤 그쳤지. 아직 뿌릴 비가 더 남았다는 듯 하늘은 무거웠고, 바람은 거셌어. 나는 여느 때처럼 동생을 데리러 가게에 들렀지. 엄마는 나더러, 집에 가면 비 온 끝이니 마루 좀 닦고, 연탄아궁이 열고 솥단지에 물을 끓이라고 했어. 흙탕물을 뒤집어쓴 동생을 씻기러 오겠다고 말이야. 너 요즘 하고 다니는 짓이 심상치 않으니까 집에 꼼짝 말고 있으라는 말도 했지.

동생을 데리고 집으로 가는 길에도 바람은 여전했어. 가파른 동네 골목 사이사이에서 날아온 아카시아 꽃잎들이 어깨 위에 척척 달라붙었지. 나는 물기가 채 마르지 않은 마루에 책가방을 던지고, 투두둑투두둑 지붕 끝 빗물받이에서 사방으로 떨어지는 빗물을 멍하니 쳐다봤지. 그리고 버릇처럼 마루에 앉아 맞은편 산등성이를 바라봤어. 동생은 방바닥을 뒹굴면서 크래커 과자가 전부 몇 개인지 헤아리느라 정신이 없었고. 엄마가 사줬거든.

나는 오늘은 가지 말자, 하고 생각했어. 걸레를 들고 비릿한 아카시아 냄새가 흥건한 마루를 닦았지. 빗물이 튄 자리를 건성으로 훔치고, 또 훔쳤어. 하지만 커다란 솥단지에 물을 부을 때도, 재래식 화장실 나무판자에 쪼그리고 앉아 있을 때도 그 방이 생각났어. 마루에 어둠이 한 자락쯤 깔릴 때까지 엄마는 오지 않았지. 나는 손톱 끝으로 장판을 꾹꾹 눌렀어. 그때마다 다짐했지. 오늘은 가면 안 돼! 오늘은 가지 마! 오늘만! 그렇게 다짐하면 할수록 더 간절하게 가고 싶었어.

솥에서 펄펄 물이 끓고, 동생이 크래커 과자를 남김없이 먹을 때까지 엄마는 오지 않았어. 그때 동생이 방에서, "누나!" 하고 불렀지. 내 등을 떠미는 것처럼. 만약에 동생이 가만히 있었다면, 가지 않았을까?

병태는 상기된 얼굴로 문가에 앉아 있었어. 저만치 뛰어오는 나를 보고 소리 없이 웃었지. 나는 혁혁 숨을 몰아쉬면서도 병태를 보자 마음이 놓였어. 신발을 내팽개치듯이 벗고 그 방으로 들어갔지. 그리고 달구어진 쇠처럼 뜨거운 머리를 병태 어깨에 가만히 기댔어. 그러자 바람을 타고 문틈으로 밀려 들어오는 아카시아 냄새가 그 방에 켜켜이 쌓였지. 그 방은 충분히 평온하고 따뜻했어.

나는 그 방, 그 시간 속으로 누군가 들어올 수 있다고 생각해 본 적이 없었어. 밖에 문고리가 달린 그 방문을 누군가 열 수 있다고도. 그런데 그날 그 일이 벌어졌어.

엄마는 문고리를 잡고 한동안 그대로 서 있었지. 부들부들 떨면서도 말 한마디 하지 않았어. 내가 밖으로 나올 때까지 장승처럼 서서 병태를 노려봤지. 노여움이 뚝뚝 떨어지는 눈으로.

휘적휘적 엄마가 앞서서 걸어갔어. 나는 엄마의 등을 따라, 허공을 걷는 것처럼 발을 내밀었지. 동생이 부엌문을 빠끔히 열고 쳐다보았을 때야 집에 왔다는 걸 깨달았어. 그래, 동생이었어. 내가 병태네 집에 갔다는 걸 엄마한테 말해 준 건. 아무리 따라오지 못하게 했다지만 내가 병태네 집에 간다는 걸 알고 있었던 거지.

엄마는 동생한테 부엌에 꼼짝 말고 있으라고 했어. 동생은 겁에 질린 얼굴로 울상이 돼서 부엌문을 닫았지. 엄마의 표정이 무섭게 일그러져 있었으니까.

내가 방에 들어왔는데도 엄마는 완강하게 침묵을 지켰어. 불도 켜지 않고, 어두운 방바닥만 내려다봤지. 가슴팍이 들썩이는 거친 숨소리를 뱉어 내면서.

나는 그런 엄마 앞에 서 있었어.

마침내 엄마가 어금니를 꽉 물고 말했지.

"더러운 종자 같으니라고. 그놈이 억지로 그러더냐?"

나는 대답을 못했어. 엄마가 내 손을 잡아끌어 앉혔지. 그리고,

"다른 짓은 안 하더냐?"

하고 물었어.

갑자기 내 눈에서는 툼벙툼벙 눈물이 떨어졌지. 나는 고개를 흔들었어. 생전 처음 엄마가 무서웠지.

"울 거 없다. 죽일 놈은 그놈인데 니가 왜 우냐!"

엄마는 굳은살 박인 거친 손으로 내 눈물을 훔쳐 냈지.

"아무리 텔레비전이 보고 싶어도 그렇지. 이제 다시는 거기 가면 안된다. 무슨 말인지 알아듣지?"

나는 고개를 끄덕일 수밖에 없었어.

그날 엄마는 동생을 씻기고 나서, 뜨거운 물이 남았다고 나를 부엌으로 불러냈어. 나를 발가벗겨 커다란 자주색 고무 대야에 앉히고 물을 끼얹었지. 나는 이빨이 딱딱 부딪힐 만큼 한기를 느꼈고. 엄마는 뜨거운 물 한 바가지를 내 어깨에 부어 주었어. 그리고 내 몸 구석구석을 비누로 닦았지. 너는 아무 걱정할 필요 없다. 괜히 주눅 들 필요도 없고. 그일은 다 잊어버려라! 나머지는 내가 다 알아서 할 테니까, 라고 하면서.

며칠 뒤에야 엄마의 그 말이 무슨 뜻이었는지 알았어.

잠자리에서 아버지가 그랬어.

"당신 대체 무슨 일로 병태 엄마랑 싸운 거야? 나 가게 비운 사이에 당신이 병태네 만두 가게를 홀딱 뒤엎었다고 시장 사람들이 그러던데. 무슨 일이야? 병태 엄마도 당신도 왜 싸웠는지 말도 안 하고. 저번에 싸운 것도 그냥저냥 풀린 것 같더니만. 무슨 일인지 몰라도 당신도 그 욱하는 성질 좀 고쳐! 장사하는 사람이 그러면 돼?"

엄마는 대답 대신 이렇게 말했지.

"당분간 가게 일 당신 혼자 할 수 있지요? 막둥이도 챙겨야 하고, 지난번에 그놈의 여편네가 부러뜨린 허리가 비만 오면 욱신거리는 게 며칠 아궁이 확 열어 놓고 아랫목에서 지져야겠어요. 이참에, 테레비나 하나 삽시다. 이사 가서 사나 예서 사나 그게 그거니까."

엄마는 다음 날부터 가게에 나가지 않았어. 아랫목에 눕는다더니 그러지 않고 멀쩡한 집 안을 뒤집어엎듯 쓸고 닦았지. 그다음 날은 텔레비전을 사 왔고. 그다음 날은 나를 데리고 큰 시장에 가서 새 옷을 사줬지. 엄마는 그게 나를 위하는 길이라고 생각했을 거야. 나는 아무것도 모르는 어린아이일 뿐이고 모든 건 병태, 그놈이 저지른 나쁜 짓이라고. 자기 딸이 그놈한테 걸려든 거라고. 그나마 이렇게라도 알게 돼서 이쯤에서 끝난 게 천만다행이라고.

하지만 나한테는 끝난 게 아니었어. 네가 그랬던 것처럼.

다 끝났다고 생각했어요. 그 오빠도 군대 가고, 몇 번 바이올린 레슨 빠진 걸 엄마랑 아빠가 알게 돼서, 바이올린 배우기 싫어서 그랬다고 말했더니 그럼 그만 다니라고, 혼자 고민하느라 힘들었겠다고 오히려 엄마랑 아빠가 미안하다고 그랬어요. 한동안은 맘이 편해졌는데, 그게 끝이 아니었어요. 어느 날부터 밤에 자꾸 그 오빠 생각이 났어요. 그 오빠 만났던 날부터 그 방에서 있었던 일들까지 하나하나 전부 다 생각났어요. 꿈도 꿨어요. 아주 더러운 꿈이에요. 너무 더러워서 말하기도 싫어요. 아니, 절대 말 못해요. 나는 되게 더러운 애 같아요. 친구들이랑 있으면 계속 눈치만 봐요. 애들이 날 어떻게 생각할까, 혹시 그 일을 알아채지는 않을까, 그 생각만 해요. 그런 내가 정말 싫은데 어쩔 수가 없어요. 저절로 그렇게 돼요.

나는 그때 깨달았어. 그 방에서의 일이 다시는 해서는 안 될 일이고, 더러운 일이라는 것을. 그러므로 그 방으로 달려갔던 나도 더러운 아이라는 걸. 나는 시든 배추 이파리처럼 축 늘어져서, 그 아이가 등장하는 꿈을 꿨지. 아카시아 꽃이 지고 여름이 오고 가을이 올 때까지.

엄마는 이사를 서둘렀어. 어쩌다 동생이 나를 귀찮게 구는 기색이 있으면 야단을 쳤고, 언니들이 심부름을 시키면 너희들이 하라고 핀잔을 줬지. 엄마가 그럴수록 악몽은 깊어 갔어. 엄마가 위해 주고 편들어 주고 싶은 애는 내가 아니라 텔레비전이 보고 싶어 그 방에 갔다가 병태에게 억지로 당한, 엄마가 그렇게 결정한 아이였으니까.

그래도 시간은 흘러갔어. 가을이 되자 아파트로 이사를 했고, 나는 전학을 했고, 졸업을 하고 중학생이 됐지. 엄마는 가게를 옮기려고 분주했어. 큰언니는 치과에 다니던 대학생과 연애를 시작했고, 작은언니들은 모두 처녀티가 나는 여고생이 됐지. 동생도 부쩍 몸집이 불고, 키가 컸고. 그런 식구들 사이에서 나는 엄마 마음에 들려고 안간힘을 썼어. 그러면 그 방에 있던 더러운 아이는 사라질 것 같았지. 요괴인간 베로가 간절하게 인간이 되고 싶었던 것처럼 나는 깨끗한 아이가 되고 싶었지. 어떻게 해서든지.

네가 상담실에 전화를 하고, 내게 거짓말을 한 것도 그래서일 거야. 그렇게 해서라도 네가 더럽다고 말했던 그 기억을 지우고 싶었을 테니까.

상담 선생님은 그런 일을 안 겪어 봤으니까 그렇게 말하는 거예요! 내가 그 오빠를 따라갔기 때문에 그런 일이 생긴 게 아니라고요? 내 잘못이 아니라고요? 주변에 알리고 도움을 받으라고요? 그렇게 말하지 마세요! 그렇게 쉽게 말하지 마세요. 그런 대답은 책에나 쓰여 있는 얘기잖아요. 만약에 다른 사람들이, 가령 엄마나 아빠, 언니, 친구들이 그 일을 알게 됐다고 해봐요. 그래요, 상담 선생님 말대로 엄마나 아빠, 언니는 내 편을 들어줄지도 몰라요. 하지만 친구들은요? 그냥 날 아는 사람들은요? 정말 내 잘못이 아니니까, 그 오빠 잘못이니까, 그 오빠 탓만 하고 그만일까요? 겉으로는 그럴지 몰라요. 하지만 속마음까지 그럴 리가 없어요. 나를 손가락질할 거예요. 그런데 처음에 왜 따라갔대? 쟨 그런 데 따라가면 안 되는 것도 모르나 봐? 한심하게, 몇 살인데 그것도 모르니! 어쩌면 쟤도 싫지 않았을지 모르지? 그러니까 따라간 거 아니겠어. 그렇게 말할 거라고요.

그럼 선생님이 책임지실 거예요? 한 번만 더 그런 말씀 하시면 다신 전화 안 할 거예요. 난 절대로 그 일을 다른 사람이 알게 하고 싶지 않아요.

나는 열심히 공부를 했어. 차츰 성적도 올랐지. 엄마가 늦게 귀가하는 날이면 시키지 않아도 밥을 했어. 언니들한테는 고분고분했고, 동생한 테도 잘해 줬지. 엄마는 우리 넷째가 이제야 철이 드는 모양이라고, 이 제 안심이라고 했어. 엄마 곁에서 나도 안심했지. 엄마가 그렇다고 하 면, 그건 변하지 않을 테니까. 그 방도 그 아이도 사라졌다고…… 믿고 싶었지. 그렇게 시간은 흘러갔어. 마치 아무 일도 없었던 것처럼.

하지만 그 방과 그 아이는 오랜 시간이 흐른 뒤에도 나를 찾아왔어. 그때의 불안과 혼란을 가지고. 나는 그때마다 그 아이를 밀어냈어. 그 아이를 이해할 수 없었지. 그 아이가 나라는 게…… 싫었어. 그 아이는 점점 '어떤 아이'가 되어 갔어. 그 방에 갇힌 어떤 아이. 내가 잘 알고 있 는 것 같지만 잘 모르는 어떤 아이.

그런데 그 아이가, 그 '어떤 아이'가 내게 왔어. 그래, 너의 마지막 전 화를 받지 않았다면, 그런 일은 없었을 거야. 나는 언제나 그 아이가 생 각나면 서둘러 잊어버리려고만 했거든.

이제, 그 아이, 그때의 나에게 말해 주고 싶어.

"너는 더럽지 않아. 너도 어쩌지 못하게 두렵고 혼란스러웠을 뿐이 야. 어쩌면, 병태도 그랬을지 몰라. 생각해 봐, 사람의 마음속에는 수많은 서랍이 있다고. 그래서 한 사람의 마음속에 있는 서랍이 몇 개나 되는지, 그 서랍 안에 무엇이 담겨 있는지 아무도 모른다고. 다른 사람도 모르고, 자기 자신도 모르고. 그러니까 당연히 어떤 서랍을 열었을 때, 거기 알 수 없는 마음이 너를 기다리고 있다면, 당황하고, 혼란에 빠질 수 있어. 너는 그때, 그런 서랍을 열었던 거야. 아주 낯설고 두렵지만 때로 평화롭고 충만했던. 네가 더러워서, 나빠서 그랬던 게 아니라. 그래, 어떤 사람은 그 서랍을 너처럼 열두 살에 열어 보기도 해. 하지만 어떤 사람은 열다섯 살에, 어떤 사람은 영영 열어 보지 않을 수도 있어. 그건 사람마다 다르니까. 자기 자신도 모르니까. 더러운 거랑은 상관없는 거야. 그건 그냥 어떤 마음이야, 너에게는 한없이 혼란스러웠던."

그 말, 너한테도 해주고 싶은데……. 불안해. 기회가 안 올까 봐. 네가 전화한 지 벌써 삼 주 하고도 하루가 지났잖아. 네가 지금 너를 더럽다고 여기면, 나중에도 그 마음을 감추기 위해, 도망치거나 스스로를 미워할지 몰라. 내가 그랬던 것처럼 말이야. 그 마음은 더러운 것도 나쁜 것도 아닌데. 누구도 너의 그런 마음을 비난할 수 없는데……. 그러니 네가 지금 어디에 있든 전화해 주겠니. 나는 여기서 그 아이와 함께 기다리고 있을 테니.